I0664444

MICHEL SEDAINE

———

2e SÉRIE IN-8°

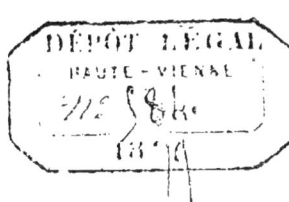

DÉPÔT LÉGAL
HAUTE - VIENNE

Propriété des Editeurs,

MICHEL
SEDAINE

SA VIE. ANECDOTES, ETC.

PAR

MADAME RENÉE DE MONT-LOUIS.

LIMOGES

EUGÈNE ARDANT ET Cᵢᵉ, ÉDITEURS.

MICHEL SEDAINE

————◦◦❦◦◦————

CHAPITRE PREMIER.

— La maison de monsieur Sedaine, l'architecte, s'il vous plaît?

— Là, en face.

— Cette belle maison où tout semble en fête?

— Oui, cela vous surprend? continua le voisin à l'homme qui l'interrogeait d'un air étonné; en effet, c'est surprenant, ce bruit, ce mouvement, ces chaises à porteurs, ces carrosses qui stationnent dans notre rue si tranquille d'ordinaire; mais nous sommes aujourd'hui le 4 juillet, et cette date-là on la fête toujours chez les Sedaine : c'est l'anniversaire du mariage de monsieur et de madame Sedaine, et aussi de la naissance de leur premier enfant, qui a bien maintenant ses treize ans sonnés, puisque j'ai vu son baptême en 1719, et que nous sommes en 1733.

L'homme qui s'était informé de la maison de monsieur Sedaine n'en écouta pas davantage, et, traversant la rue, se faufilant au milieu des chaises à porteurs qui encombraient le vestibule, des porteurs qui, assis, buvaient au bonheur de la maîtresse de la maison, tout en discutant non sur le mérite de leurs attelages, mais sur la qualité et la richesse de leurs maîtres respectifs, il arriva au pied d'un large escalier.

— Tiens! cria un porteur qu'il bouscula, regardez donc, vous autres, ce grand homme noir qui dérange le monde sans crier gare. Est-ce que l'on vient avec une figure comme celle-là un jour de fête; va donc, messager de malheur!

Sans répondre, l'homme gravit quelques marches de l'escalier et restait indécis, un peu interdit de ne rencontrer aucun domestique pour l'annoncer au maître de la maison, et ne sachant s'il devait entrer, lorsque la porte devant laquelle il était s'ouvrit. Un enfant en sortit brusquement et s'arrêta surpris devant l'inconnu, qui, enveloppé dans un ample manteau noir, se tenait immobile.

— Je voudrais parler à monsieur Sedaine, dit-il.

— Mon père ne s'occupe pas d'affaires aujour-
d'hui, répondit l'enfant.

— Il faut cependant que je lui parle. Il m'attend, il doit m'attendre, sa dernière lettre me re-
commandait de venir le voir aussitôt mon arrivée;
ne pouvez-vous le prévenir?

— Nous sortons de table, les violons sont arrivés;
vous les entendez, ajouta le jeune garçon prêtant
l'oreille à un bruit de crins-crins qui s'accordaient
tant bien que mal.

— Il est cependant très-important pour lui que
je lui parle, reprit obstinément l'homme.

— C'est important pour lui, dites-vous? Alors
suivez-moi dans le cabinet de mon père, je vais le
faire prévenir. Mais ne le gardez pas trop longtemps,
Monsieur, il est tout à nous aujourd'hui, il travaille
tant, mon papa! il m'a promis d'ailleurs de danser
un menuet avec maman, ce soir.

Tout en parlant, l'enfant, traversant le palier,
introduisait son interlocuteur dans une vaste pièce
boisée, entourée de bibliothèques en bois peint.
Une immense table surchargée de plans, de dessins,
d'épures à l'encre de Chine, de règles et de compas

de toutes dimensions tenait le milieu du cabinet.
Plus loin, près d'une fenêtre donnant sur un jardin,
était placé un petit bureau de bois de rose soigneu-
sement fermé; quelques fauteuils rangés symétri-
quement indiquaient, comme l'avait dit le jeune
garçon, que monsieur Sedaine ne travaillait pas ce
jour-là.

— Asseyez-vous, Monsieur; qui annoncerai-je à
mon père?

— Je suis celui qu'il attend du parlement de
Rouen.

L'enfant le laissa seul, et courant vers la porte
par laquelle il était sorti, il l'ouvrit et se trouva
subitement inondé de lumière et de bruit.

Autant le cabinet d'où il venait était calme et
sombre, autant cette partie de la maison était
joyeuse et animée. Des jeunes gens, des jeunes
filles, quelques petits enfants dansaient en chantant,
accompagnés par les violons; ils formaient un
grand rond, les rires clairs en cascades des mar-
mots ressortaient sur le chant comme des fusées
légères, c'était un tapage à ne pas s'entendre.
Personne ne s'en apercevait, cependant, chacun
semblait s'amuser franchement. C'était une vraie

fête de famille. sans prétention et sans afféterie.

— Pends-toi, Michel, on a dansé sans toi, cria une voix joyeuse au moment où le jeune garçon, traversant précipitamment le salon, arrivait vers un groupe qui causait à l'écart des danseurs. Il y avait là un grave magistrat reconnaissable à son costume noir, que n'éclairait ni un ruban ni une paillette, des amis confrères en travaux, un abbé en petit collet, quelques vieilles dames toutes poudrées encore selon la mode de 1725, qui commençait à se perdre pour la bourgeoisie d'alors; quelques jeunes femmes en fraîches toilettes enrubannées, écoutaient et riaient.

— Ah! voilà Buron qui remonte aux Grecs, disait-on en chœur.

— Comme nous serions chaudement avec notre climat dans une maison de marbre, pavée de marbre, avec des meubles en bronze ou en marbre aussi.

— Pourquoi pas?

— Décidément, mon ami Buron, avec votre amour immense pour le style architectural grec, vous ne l'avez pas même compris, disait monsieur Sedaine gaîment. A cet instant, Michel, s'approchant de son père, lui fit sa commission.

— Un homme de Rouen? je sais, j'y vais, répondit monsieur Sedaine devenu soudainement fort pâle et fort troublé. Où est-il? dans mon cabinet, bien, j'y vais. Puis dissimulant son trouble sous un sourire : Mes amis, je reviens. Ne dis rien à ta mère, acheva-t-il tout bas, se penchant vers Michel; et il sortit précipitamment.

— Un menuet, monsieur le violoneux; jouez-nous un menuet, s'écria Michel s'élançant au milieu de la ronde, qu'il désorganisa.

— Votre fils Michel ne pense guère en ce moment à son grec et à son latin, Madame?

— Laissez-le s'amuser comme un enfant, il travaille ordinairement comme un homme. D'ailleurs, n'est-il pas encore en âge de jouer? répondit madame Sedaine.

Après le menuet, on organisa une partie de colin-maillard. Les heures s'écoulèrent vite, et Michel fut tout surpris lorsqu'une douce voix dit auprès de lui :

— Michel, sais-tu où est ton père? Le visage rayonnant de l'enfant était l'exacte reproduction de celui de la jeune femme qui venait de parler et le regardait en souriant; les mêmes yeux bleus, la même bouche aux lèvres rouges et un peu minces, les mêmes boucles de cheveux blonds encadraient le visage, relevées sur le front chez la mère, selon la mode, par un ruban bleu de ciel.

Michel prit la main de madame Sedaine, qu'il baisa.

— Maman, dit-il gentîment, papa est sorti, il y avait un homme qui voulait lui parler.

— Un malheureux, sans doute ; il a bien fait de lui accorder audience ; je suis si heureuse aujourd'hui que je voudrais que le monde entier le fût aussi ; mais on va servir le souper, et mon menuet qu'il a oublié !

— Le souper déjà! s'écria Michel ; et comprenant le temps énorme écoulé depuis le départ de son père, il s'élança à sa recherche.

Il alla droit à son cabinet, et s'arrêta tremblant sur le seuil, effrayé du spectacle qui s'offrit à lui : monsieur Sedaine était là affaissé dans un fauteuil, immobile, la tête dans ses mains ; on l'eût cru endormi, sans de grosses larmes qui glissaient le long de ses doigts, tombaient lentement sur le bureau, où il appuyait ses coudes.

— Mon père, qu'avez-vous? s'écria Michel se précipitant vers monsieur Sedaine.

Monsieur Sedaine releva précipitamment la tête.

— Pourquoi êtes-vous ici, Michel ? allez-vous-en, laissez-moi seul ! Puis, voyant que l'enfant obéissant s'éloignait la tête basse sans un murmure : Non, viens, mon fils, viens me consoler continua-t-il serrant l'enfant dans ses bras ; c'est sur toi, sur tes frères que je pleure, sur ma chère femme. Que m'importerait à moi la pauvreté ? j'ai travaillé, je travaillerai encore ; mais vous, mes chers amis, comment la supporterez-vous ?

— Vous êtes donc ruiné, mon père ?

— Oui, Michel, complètement ; nous allons être obligés de quitter cette vieille maison où vous êtes nés tous les trois ; mes enfants, il faudra la vendre, nos meubles mêmes ne sont plus à nous ; toi, mon enfant, tu ne peux plus continuer tes études.

— Je n'irai plus au collége, s'écria Michel désespéré ; mais domptant ce mouvement d'égoïsme, il reprit : Eh bien ! nous travaillerons tous deux, mon père, j'apprendrai un métier manuel, vous verrez, je le saurai bien vite. Pourquoi désespérer, cher papa ? Comment voulez-vous que nous soyons si malheureux, votre ami Buron ne dit-il pas toujours que vous êtes le meilleur architecte de Paris? ajouta-t-il avec orgueil.

Monsieur Sedaine sourit à cette explosion de naïf orgueil filial, il releva la tête.

— Ne désespérons pas de la bonté de Dieu, dit-il, moi je ne manquerai pas de courage.

— Ah! pauvre maman! s'écria douloureusement Michel, elle qui disait tout à l'heure qu'elle était si heureuse!

— Laissons-lui cette soirée tranquille, mon enfant, elle saura toujours trop tôt le malheur qui nous frappe. Pas un mot, Michel; que nos amis ne se croient pas moins bienvenus parce que c'est la dernière fois que je puis les réunir autour de moi; essuie tes yeux, que ta mère ne voie rien; allons la regarder encore sourire ce soir.

CHAPITRE II.

Un mois après les scènes que nous venons de raconter, un monsieur accompagné de deux enfants dont le plus jeune paraissait avoir huit ans, et l'autre treize, arriva à Bourges. Il s'installa chez une vieille demoiselle qui lui loua la moitié de sa petite maison, qui était pauvrement meublée et fort exiguë. La salle à manger, l'unique pièce du rez-de-chaussée, devint la pièce commune, et le père partagea avec ses fils la chambre du premier.

L'arrivée de cette famille excita la curiosité du voisinage; aussi les questions plurent-elles comme grêle chez la vieille fille : Pourquoi ce monsieur était-il à Bourges? avait-il un procès? Et ces enfants étaient-ils à lui? Où était leur mère? etc., etc.

La simplicité, la pauvreté, plutôt du chef de famille, donnait matière à toutes les suppositions; mais ses manières dignes et élégantes pouvaient confirmer celles qui lui étaient favorables.

Son visage grave, sérieux, était assombri encore par un regard attristé, et si parfois le masque de calme résignation qu'il s'imposait venait à tomber, ses traits exprimaient alors une angoissse et un chagrin profonds.

Il vivait très-seul, ne connaissant personne dans la ville, ne recevant aucun visiteur, excepté quelques ouvriers qui venaient le demander. Il sortait le matin et ne rentrait que le soir, le soleil couché. Pendant cette absence ses fils travaillaient; le plus âgé faisait réciter ses leçons au plus petit; le soir, après le repas servi et partagé par la vieille demoiselle, le père assis, ses deux enfants à ses côtés, corrigeait leurs devoirs, donnait des conseils à l'aîné sur les leçons à apprendre, et leur disait l'histoire des grands hommes de notre pays; puis, le petit couché, le père et son fils se mettaient à dessiner, traçant de grandes lignes en carré, en long, en triangles, des lignes plus longues qu'une aune, disait mademoiselle Babet, qui assistait aux leçons son tricot dans les doigts, et qui répétait aux voisines curieuses : Il veut me faire croire que c'est pour bâtir des maisons qu'il tire toutes ces lignes.

Monsieur Sedaine, car c'est lui que nous retrouvons à Bourges, avait accepté une place de conducteur des travaux dans une forge de la ville; de plus, il s'était courageusement mis à l'œuvre. De toute sa fortune si laborieusement acquise, il n'avait pu rien sauver, et la belle maison de la Cité vendue, les meubles dispersés aux enchères publiques après la perte du procès devant le parlement de Rouen, le créancier désintéressé à l'aide de toutes ces épaves de sa fortune, il ne resta plus à la malheureuse famille de quoi subvenir à ses besoins et à l'éducation des enfants.

Après avoir installé sa femme et son dernier enfant dans les dépendances d'un couvent de la rue Saint-Jacques, monsieur Sedaine partit pour le Berri, emmenant avec lui Michel et Louis, son second fils.

Chaque matin il allait au chantier surveiller les ouvriers qu'il y faisait travailler. Quelquefois Michel l'y accompagnait, et là, reprenant le métier de son père par la base, il regardait les maçons et apprenait leur état.

Trois mois se passèrent, l'hiver était arrivé, les travaux s'achevaient, pressés par monsieur Sedaine, qui espérait, les réparations finies, pouvoir aller à Paris chercher sa femme ; cependant Michel remarquait que l'énergie de son père diminuait, il lui semblait qu'il était chaque jour plus affaissé et qu'il revenait avec plus de lenteur du château, ses mains le brûlaient lorsqu'il les posait sur sa tête ; le soir, il ne mangeait plus qu'avec effort ; et souvent il ne reparaissait que pour ne pas contrarier mademoiselle Babet, qui se dépitait de voir faire si peu honneur à sa cuisine ; la nuit, il ne dormait pas et

souvent Michel s'éveillant à l'aurore, avait aperçu
son père écrivant encore.

Une nuit il fut tiré de son sommeil par une sen-
sation de chaleur sur la joue, il ouvrit les yeux :
monsieur Sedaine, assis près de son lit, penché sur
lui, le regardait.

— Mon père, voilà que vous pleurez encore.

— Non, Michel.

— Tenez, voilà une de vos larmes sur ma figure ;
qu'avez-vous, mon papa ?

— J'espérais que Dieu m'accorderait du temps,
mon fils, et je sens que mon espérance est vaine, je
sens que bientôt ta mère et vous trois vous serez
seuls sans protection sur la terre. Je te laisse enfant encore ; j'aurais tant voulu te voir assez fort,
assez instruit pour servir de guide et me remplacer
auprès de tes frères.

—Je travaillerai, père, répondit Michel gravement, comptez sur moi ; mais ne mourez pas, cher
papa, continua l'enfant fondant en larmes.

Le père ne répliqua pas ; souriant tristement, il
ferma par un baiser les paupières de son fils.

Monsieur Sedaine devint plus pâle et plus faible
encore. Un jour il ne put aller jusqu'à son chantier,

et le malade prit le lit pour ne plus le quitter. Le médecin amené par mademoiselle Babet sortit, secouant sa perruque et déclarant qu'il n'y avait rien à faire avec un homme qui, n'ayant aucun organe lésé, n'avait d'autre maladie que de manquer de courage.

Quinze jours se passèrent, tous aussi tristes les uns que les autres. Michel debout au chevet, et le petit Louis assis sur le lit de leur père, ne le quittaient plus d'une minute, les yeux fixés sur ceux du malade, attentifs au moindre mouvement, au moindre désir.

Un matin à l'aube, Louis, couché, dormait profondément; Michel, un livre à la main, veillait seul. Monsieur Sedaine se souleva péniblement. Michel! appela-t-il. L'accent du mourant était si solennel, si austère, la voix si profonde, que l'enfant tressaillant se précipita à genoux près du lit.

— Mon père, que voulez-vous me dire? demanda-t-il.

— Je meurs, mon fils aîné, demain tu seras le chef de la famille, demain tu dois être un homme, ne l'oublie plus; demain tu seras le père de tes frères et le soutien de ta mère. Jure-moi, Michel,

même au prix de ton bonheur à toi, de les protéger
et de les rendre heureux comme j'aurais dû le faire ;
mais la force, le courage me manquent, le malheur, le chagrin de vous voir malheureux, sans
qu'il y ait de ma faute cependant, m'a brisé le cœur.
Michel, me promets-tu de me remplacer ?

— Je vous le jure, mon père.

— Ah ! tu me comprends ! Dieu te bénisse, Michel.

La figure du mourant s'illumina, ses yeux bril-
lant d'une sainte joie se fixèrent sur le visage du
jeune garçon, et il expira emportant jusqu'à Dieu la
promesse de son fils.

Le lendemain, un modeste convoi suivi par deux
enfants en larmes et par une vieille fille, conduisit
à sa dernière demeure ce bon père et cet honnête
homme, auquel on ne pouvait reprocher que d'avoir
manqué de confiance en lui-même et de n'avoir pas
eu le courage de vivre et de lutter.

Lorsque tout fut fini, mademoiselle Babet payée
et chargée d'indemniser les ouvriers, Michel prit
son frère par la main, sur l'épaule un petit paquet
de leurs vêtements à tous deux, que la vieille fille
y attacha en pleurant ; il quitta la petite maison.

— Allons rejoindre maman, mon enfant, dit-il à Louis gravement.

CHAPITRE III.

Les deux enfants, suivant les indications de mademoiselle Babet, arrivèrent sur une petite place où une voiture non attelée attendait l'heure du départ; à chaque instant des hommes de peine sortaient d'une maison située sur la place, les épaules pliant sous le faix de malles et de paquets de toute espèce, en chargeaient la vieille voiture qui criait de toutes les forces de ses ressorts rouillés à chaque poids nouveau, comme pour protester à sa façon contre une si lourde charge. Michel lut cette inscription sur la porte de la maison : *Coche allant de Bourges à Paris; s'adresser ici.* Il pénétra, suivi de Louis, dans une vaste pièce encombrée de colis. Quelques voyageurs, leurs amis, leurs parents, se chauffaient autour d'un poêle en fonte, attendant le moment des adieux.

— Allons, Messieurs, allons, Mesdames, en route ! cria le conducteur entrant en même temps que

Michel; les chevaux sont à la voiture, nous allons partir.

Tout le monde se leva, et les recommandations et les baisers s'entrecroisèrent.

Michel, un peu intimidé par tout ce bruit, s'approcha, ainsi qu'il le vit faire à un voyageur en retard, d'un guichet derrière lequel trônait majestueusement le caissier.

— Deux places d'intérieur pour Paris, s'il vous plaît, demanda-t-il.

— Trente-six livres.

— Trente-six livres! répéta Michel terrifié; et regardant dans sa main il compta et recompta dix-huit livres, la seule fortune qui lui restait.

— Allons, vous décidez-vous, oui ou non? Il n'y a plus que ces deux places-là, et voici un monsieur qui en demande une, lui cria l'homme impatienté.

— J'en prends une, Monsieur, reprit précipitamment Michel, posant ses dix-huit livres sur la tablette.

Comment allait-il faire, lui, pour aller à Paris? Son parti fut bientôt pris.

— Mon petit Louis, dit-il à son frère, viens en voiture, tu seras bien sage, tu entends. Allons, monte donc, je vais te mettre mon paquet sous les pieds ; es-tu bien comme ça, petit frère ?

— Et toi, Michel, tu ne viens pas avec moi ? Où montes-tu donc, là-haut, avec le postillon ? Oh ! je voudrais bien y aller aussi.

— Non, il n'y a pas de place là-haut, mais ne t'inquiète pas de moi, je vais à pied. Paris n'est pas au bout du monde, continua-t-il souriant en voyant l'enfant le regarder d'un air effaré. Je ne te quitte pas, je vais te rejoindre à Sancerre ; va, je marche vite.

En ce moment les voyageurs montèrent les uns après les autres.

— Prenez soin de mon frère, Madame, s'il vous plaît, dit Michel à une dame qui occupait une place à côté de Louis ; il ne sera pas désagréable, je vous assure, Madame. Au revoir, petit frère, je pars en avant, acheva-t-il embrassant Louis, qui le regardait le cœur gros et serrait ses lèvres l'une contre l'autre pour ne pas pleurer.

— Papa aurait agi ainsi, je suis sûr, murmura le courageux enfant ; et il sortit de la ville précédant la diligence qui emmenait le petit frère.

Plein de courage et d'entrain, marchant d'un

bon pas, Michel traversa rapidement le faubourg de Bourges et prit la route de Sancerre et Cosne, se retournant de temps à autre pour voir arriver la diligence, qui le dépassa une demi-heure plus tard. Au passage, Louis lui envoya un baiser comme s'il eût voulu lutter de vitesse avec le lourd véhicule, qui souleva dédaigneusement sur le pauvre piéton un nuage de poussière.

A une montée il rejoignit le coche, et après s'être assuré que Louis se trouvait bien, il s'assit sur le bord de la route tout essoufflé; il marchait depuis le matin et ses jambes commençaient à s'alourdir, et puis il n'avait pas déjeuné le matin; mais, bah! on allait arriver à Sancerre, et il avait entendu dire aux voyageurs, d'un air joyeux, qu'on s'y arrêterait pour dîner,

Dîner! ah mon Dieu, ce mot le fit frémir. Dîner! il n'y pensait pas pour lui; cependant, il sentait la faim le talonner, et Louis, le pauvre petit, il devait avoir besoin de manger.

Comment faire! il n'avait pas pensé à tout cela. Rester ainsi deux jours, c'était impossible; il avait tout donné pour la place de son frère. Il faut que je trouve quelque chose à faire pour que

lui au moins dîne, se disait-il; j'ai promis à papa de
le remplacer; un père trouve toujours de quoi nourrir son enfant; mais que faire?

Le cœur gros de chagrin et d'anxiété, Michel reprit sa route. Je ne veux pas me décourager, conti-
nuait-il. Si j'offrais au cocher de l'aider à soigner ses
chevaux, il m'offrira peut-être à dîner à son tour,
pour me remercier; oui, c'est cela; ça mange, des
chevaux, ça mange même souvent, courons; et il
précipita sa course, espérant être au relai avant que
les chevaux fussent dételés. Lorsqu'il arriva devant l'auberge, la diligence gisait depuis une heure
sur la route, et les chevaux hennissaient et piaf-
faient, installés dans leur écurie.

— Ah! le voilà enfin, cria Louis à quelqu'un que
Michel ne voyait pas, et son frère accourut vers lui;
il l'entraîna vers l'auberge.

— Viens donc vite, frère, nous t'attendons, répé-
tait-il.

— Pauvre petit, pensait Michel, il croit que l'on
dîne comme cela sans payer. Que faire, mon Dieu!
Michel, inconscient, se laissait guider. Comment lui
procurer à dîner? se répétait le pauvre garçon le
cœur navré.

— Monsieur Michel, lui dit la dame à laquelle il avait recommandé son frère le matin, Louis n'a pas voulu commencer à dîner sans vous, notre potage se refroidit, venez vite. Un éclair de joie traversa les yeux de Michel.

— Vous lui offrez donc à dîner, Madame? demanda-t-il.

— Mais certainement, reprit la dame riant malgré elle de l'expression de doute, d'anxiété et d'espérance qui se peignait sur la figure mobile du jeune garçon. Nous sommes de très-vieilles connaissances déjà, Louis et moi; allons, venez, mon enfant.

Elle prit la main du petit, l'installa à table auprès d'elle, et commença à le servir.

Louis se retournait à chaque instant, et faisait signe à son frère de venir aussi s'asseoir et manger. Michel lui souriait en l'invitant du geste à ne pas s'occuper de lui; il s'approcha du banc qui entourait la cheminée, et, regardant un chien qui tournait une immense broche où cuisaient poulets et canards dont la peau rissolée par la flamme réjouissait la vue et l'odorat, il lui dit à demi voix :

— Au moins toi tu gagnes ta nourriture; qui sait

2

pourtant ! tu ne dînes peut-être pas tous les jours
non plus ; à voir tes côtes, on le penserait, mon
pauvre chien.

Le chien arrêta sur lui ses yeux tristes, et secouant ses oreilles d'un air indifférent, comme s'il
lui eût répondu : On s'habitue à tout, va ! il repartit
dans sa roue tournant les poulets.

Michel fit comme le chien, il secoua ses boucles
blondes, s'assit stoïquement sur le banc. Je vais
essayer, murmura-t-il ; et tirant un livre de sa poche,
il se mit à lire tranquillement afin de ne pas entendre le bruit des fourchettes, qui lui semblait
augmenter sa faim.

— Comment, après votre course de ce matin,
vous n'avez pas plus faim que cela ? dit tout à coup
à côté de lui une voix joyeuse et mordante. Vous
êtes bien heureux ! Moi qui n'ai marché qu'avec
les jambes des chevaux, je suis exténué, et, à votre
âge, j'aurais dévoré toute cette brochée à moi
tout seul.

Michel leva les yeux et vit devant lui un jeune
homme qui pouvait avoir dix-huit à dix-neuf ans,
vêtu de noir de la tête aux pieds, les deux mains
dans ses poches, et qui le regardait souriant et légèrement goguenard.

— J'attends ce poulet, voyez-vous, celui là à gauche, si doré, si blanc, si gras, et dont la peau se cendille en se dorant, continua le jeune homme. Holà! hôtesse, notre dîner est à point, servez-nous vite sur cette petite table; pendant que les gens graves mangent leur potage là-bas, nous allons, nous, dîner comme deux bons garçons que nous sommes. Et joignant le geste à la parole, il prit Michel par le bras, lui fit faire volte-face, et toujours parlant, le força à s'asseoir à sa petite table, sur laquelle l'hôtesse venait de déposer le poulet, accompagné d'un pain frais et croustillant.

— Allons, mangeons, dit le jeune voyageur, sans laisser à Michel le temps de placer un mot; il découpa une aile et la jeta sur son assiette : Prenez d'abord une aile, l'autre viendra après; puis remarquant enfin les yeux humides de Michel, il lui tendit la main par dessus la table en riant, et ajouta :

— Entre jeunes gens, ça se fait, n'est-ce pas? Vous dînez avec moi aujourd'hui, vous me donnerez à souper une autre fois, mon camarade.

Michel, ému, serra la main que lui tendit son nouvel ami, et tous deux attaquèrent résolûment le poulet, dont il ne resta bientôt que la carcasse pelée et vidée.

Michel aperçut alors le chien, qui, son travail fini, sortit de sa roue, la tête basse, semblant absorbé dans la contemplation de la lèche-frite encore grasse. Sans consulter son hôte, il prit la carcasse et la porta au pauvre chien, qui, étonné sans doute d'une libéralité si peu accoutumée, saisit la part offerte, et s'enfuit dans la cour, comme s'il avait commis un larcin.

Louis s'échappa enfin de la grande table, apportant dans ses petites mains des noix et une tartelette que lui avait donnés sa protectrice; Michel s'empressa d'offrir le gâteau à son hôte, et avant la fin du repas les deux enfants et le jeune homme étaient devenus intimes.

On en vint aux confidences, et le jeune voyageur, pour gagner la confiance de ses nouveaux amis, leur dit qu'il était le fils d'un coutelier de Langres, que son père l'avait envoyé à Bourges pour ses affaires, et qu'il se rendait à Paris pour continuer ses études de théologie; il avoua que la coutellerie ne le séduisait pas du tout, la théologie guère, mais que les auteurs latins et grecs le passionnaient

Michel tira en souriant de sa poche le petit volume qu'il lisait tout à l'heure, un Tite-Live elzévir, et le jeune homme riposta en sortant de la sienne un autre volume, Tacite.

— A latin, latin et demi, mon camarade; nous voilà lestés contre la faim et contre l'ennemi, allons prendre l'air avant le départ.

Louis regardait tout surpris ce futur prêtre qui était si gai.

Bientôt le conducteur appela les voyageurs, et il fallut repartir. Michel eut de la peine à se lever de son banc, il sentait sa fatigue après ce bon repas; lui si choyé par ses parents, il n'était pas habitué à une aussi longue marche. Cependant il se mit courageusement sur pied, installa malgré lui son frère, qui ne voulait pas; comme l'enfant se plaignait du froid, il l'enveloppa de sa veste, remercia la jeune dame et repartit, répondant à ses observations qu'il aurait trop chaud avec sa veste, maintenant qu'il avait tant de lieues à faire avant le soir.

Il suivit comme le matin, mais de plus loin, cette fois, la diligence; son nouvel ami lui avait bien proposé de prendre sa place, mais Michel ne voulut pas accepter.

Il trouva bien longues les lieues qui séparaient Sancerre de Cosne, il fut forcé souvent de s'arrêter en chemin, mais il reprenait toujours courageusement sa route; enfin il arriva à onze heures du soir à Cosne, et s'informa de l'auberge où relayait la voiture.

Michel espérait que la jeune femme qui s'intéressait à Louis aurait eu la bonté de le faire coucher, et il comptait prier l'hôtesse de lui permettre de s'étendre au grenier sur le foin pour passer la nuit.

Une servante à moitié endormie vint ouvrir aussitôt qu'il eut frappé timidement à la porte.

— Dépêchons-nous, lui dit-elle, sans autre explication : il est tard, et il faut être debout à quatre heures demain; et le précédant dans l'escalier, elle ouvrit une porte, entra, toujours suivie par Michel, dans une grande chambre, déposa sa lumière sur un meuble, lui fit voir à côté un souper préparé qui attendait, et sortit aussitôt en lui souhaitant une bonne nuit.

Michel, stupéfait, anéanti, restait sans un mouvement à la même place, la fatigue engourdissait ses membres et le sommeil troublait ses idées; il entendit un léger souffle au fond de la pièce, il s'approcha et vit son frère chaudement couché dans un grand lit, qui s'était blotti bien près du mur pour lui laisser une plus grande place. Sans avoir la force de se déshabiller, il se jeta à côté de lui, et s'endormit immédiatement d'un lourd sommeil.

Il était si las, si harassé, il avait tant marché depuis le matin, qu'il n'avait même plus la présence d'esprit nécessaire pour se demander d'où lui venait ce bonheur de pouvoir enfin se reposer et dormir dans un lit.

Le lendemain, au point du jour, Michel fut reveillé par la trompe du conducteur, qui se chargeait ainsi d'annoncer à ses voyageurs qu'il était temps d'ouvrir les yeux, et qui faisait un tapage à réveiller la ville entière, fût-elle endormie du sommeil de la Belle au bois dormant.

Michel se leva précipitamment, mais à peine fut-il debout qu'il sentit qu'il aurait grand'peine à recommencer le trajet de la veille; n'importe, il a lait continuer le voyage, et sa volonté triompherait de

sa fatigue; comme eût pu le faire la plus tendre
les mères, il aida à s'habiller le petit frère, qui lui
raconta combien la jeune femme avait été bonne
pour lui. La toilette du petit achevée, Michel
trempa sa tête dans la cuvette, espérant calmer le
mal de tête qui l'envahissait, il rajusta sa veste.
lissa ses cheveux, et il allait sortir de sa chambre,
tenant son frère par la main, lorsque la porte s'ou
vrit; le jeune voyageur parut sur le seuil.

— Vous voilà prêts, enfants, dit-il, mangez un
peu, l'étape sera longue avant le dîner; et il leur
tendit une assiette de poires et de tartines beurrées
qu'il partagea avec eux; puis tous trois descendirent.

Les voyageurs étaient déjà presque tous en
voiture. L'un d'eux prit Louis dans ses bras et le
plaça à côté de la jeune femme, qui l'embrassa ten-
drement. Michel attendri, les yeux voilés de larmes, ne trouvait pas une parole pour remercier la
chère protectrice de Louis; il la contemplait en
silence, et son regard seul disait toute sa reconnaissance.

Le postillon fit claquer son fouet en rassem-
blant ses rênes. Michel allait dire au revoir à son

nouvel ami, et se remettre en route malgré la fatigue qui raidissait ses jambes, mais un voyageur l'arrêta par le bras et lui dit :

— Venez par ici, monsieur Michel, vous avez une petite place; et il lui montrait un espace vide auprès du cocher.

— Laissez-vous faire, s'écria le jeune étudiant, vous n'alourdirez pas beaucoup le coche, allez!

Michel, tout heureux, grimpa lestement à la place qu'on lui offrait.

Les voyageurs s'étaient inquiétés de ce petit garçon qui suivait si obstinément la diligence; ils avaient questionné Louis, qui avait dit leur histoire, et pourquoi tout seuls ils allaient rejoindre leur mère. L'étudiant à son tour raconta comment, prenant son billet après Michel, il avait vu l'embarras et la figure bouleversée du jeune garçon, en apprenant qu'il fallait dix-huit livres pour aller à Paris, et comment il s'était douté que ces dix-huit livres formaient toute la fortune du pauvre enfant.

Les voyageurs furent touchés du courage et de l'amour fraternel de ce petit chef de famille de treize ans; ils demandèrent au conducteur de le

prendre à côté de lui, promettant de descendre
l'un après l'autre à chaque montée pour alléger le
poids; mais le conducteur répondit que ses chevaux étaient de force à en traîner encore dix
comme ce petit maigriot-là. A dîner, le couvert de
Michel fut mis avec celui des autres voyageurs;
on le traita avec bonté, s'informant de ses désirs.
Louis fut bourré de fruits, et chaque fois que
Michel essayait de formuler des remerciements ou
d'exprimer sa reconnaissance, on l'arrêtait bien
vite en lui disant que c'était tout naturel d'aider
un père de famille comme lui.

Le soir, on couchait à Gien, le lendemain à
Montargis, et le quatrième jour à Montereau.
Après avoir traversé le pont célèbre jeté en cet endroit sur la Seine, on repartit joyeusement à trois
heures du matin, car c'était la dernière journée,
et le soir même on devait être à Paris. La route
semblait longue à Michel plus qu'à personne,
cependant il craignait presque d'arriver. Comment
apprendrait-il à sa mère la mort de son mari? Il
tremblait à la pensée de son désespoir, elle qui
attendait si confiante leur retour à tous trois, elle
qui dans sa dernière lettre parlait de leur réunion

prochaine à celui qu'elle ne devait plus revoir jamais. Michel, interrogé par son ami sur son air soucieux au moment du retour, lui dit son chagrin ; le jeune homme essaya de le consoler, et lui promit de l'accompagner, en se chargeant de la mission d'apprendre lui-même à la mère la triste vérité.

Le coche arriva à Melun en retard pour le dîner ; chacun était fatigué de ces quatre longs jours de voyage, c'est à peine si l'on admira ce beau pays qui s'étend de Melun à Paris, les bords fleuris qu'arrose la Seine, comme disait madame Deshoulières.

La voiture traversa Bercy, qui, aujourd'hui faubourg de la capitale, n'était alors qu'un petit village, passa devant son coquet château, suivit les contours de ses célèbres jardins en terrasses qui descendaient jusqu'au bord de l'eau, longea la Bastille, tourna ses tours et ses fossés, et enfila la rue Saint-Antoine. On entrait alors dans le vrai Paris.

CHAPITRE IV.

Chaque voyageur avait un parent où un ami qui l'attendait, aussi la cour où s'arrêtait le coche était-elle, malgré l'heure avancée, pleine de bruit et de mouvement.

Les deux enfants descendirent de la voiture, Michel mit sur son épaule son petit paquet, ils traversèrent les groupes, cherchant la porte de la rue.

Michel aurait bien désiré serrer la main de son nouvel ami avant de le quitter, mais il craignait de le déranger, quelque parent était peut-être venu au-devant de lui; comment partir comme un ingrat, cependant?

Louis tira son frère par le bras tout à coup, et lui fit voir le jeune étudiant qui accourait vers eux suivi d'un commissionnaire qui portait sa petite valise.

— J'étais fâché de partir sans vous dire adieu et merci; je suis content de pouvoir le faire, lui dit Michel.

— Comptez-vous aller ce soir rejoindre votre mère au couvent de la rue Saint-Jacques? demanda son interlocuteur.

— Mais oui.

— C'est cependant tout à fait impossible, repartit l'autre, les couvents ferment leurs portes à neuf heures; or, il est plus de neuf heures actuellement, et je ne pourrais à cette heure indue vous accompagner, d'ailleurs on ne nous ouvrirait pas, j'en suis sûr; n'essayez pas une démarche inutile, et acceptez ce soir tous les deux la moitié de mon lit. On m'a retenu une petite chambre justement en face de Saint-Paul, dans cette rue Saint-Antoine, où nous sommes. Venez, vous ferez mieux.

— Mais, Monsieur, objecta Michel, nous allons bien vous gêner, et je ne sais comment reconnaître jamais tous les services que vous nous rendez.

— Ce sont les petits amis qui rendent les grands services, ajouta le jeune homme; et saisissant la main de Louis, il entraîna les deux frères.

— Entrez, voici mon hôtel, dit-il, les introduisant dans une chambre proprette et gaie.

— Dites votre palais épiscopal, reprit Michel,

puisque vous serez peut-être un évêque plus tard.

— Pourquoi ris-tu, Louis? s'écria le futur monseigneur; tu trouves que je n'ai pas la mine ni les façons d'un prélat, cela ne prouve rien; va, je sens que l'on parlera de moi.

— Voulez-vous nous dire votre nom? demanda Michel.

— Ai-je oublié de le faire, mon jeune ami? Eh bien! je me nomme Jean-Denis Diderot.

Selon la promesse que Diderot avait faite à Michel, il accompagna les deux enfants chez leur mère. Les excitations du voyage ne les soutenant plus, les deux frères sentaient davantage la perte immense qui venait de les frapper.

Ce fut en pleurant qu'ils firent le chemin qui séparait la rue Saint-Antoine du faubourg Saint-Jacques. Mais ne pleurez pas comme ça, leur disait leur ami, vous ressemblez à la fontaine des Innocents; mais on nous regarde, on va dire que je vous enlève; et l'instant d'après, tout ému lui-même : Pleurez, allez, pleurez, reprenait-il, vous avez bien raison. Enfin, ils sonnèrent à la lourde porte du couvent, et une sœur leur indiqua le petit pavillon où s'était retirée madame Sedaine depuis

le départ de son mari. Elle était là ; par la porte en-
tr'ouverte, ils la voyaient calme, presque souriante,
elle cousait tout en poussant du pied le berceau où
dormait son dernier fils.

— Maman, nous voici, cria Louis, se précipitant
vers elle ; et une seconde plus tard madame Sedaine pressait dans ses bras ses deux enfants.

— C'est vous, enfin, disait-elle, entrecoupant
ses phrases par des baisers. Comme c'est long trois
mois sans vous, mes chéris ; et votre père ?

Levant la tête, elle vit dans l'embrasure de la
porte l'étranger qu'elle n'avait pas encore aperçu.

— Pourquoi n'est-il pas avec vous ? ajouta-t-elle,
déjà alarmée.

— Madame, veuillez m'entendre, commença
Diderot.

Mais elle l'interrompit.

— Il n'est pas avec vous, mes enfants ? Michel !
ton père, où est-il ?

Louis, la tête enfouie dans la robe de sa mère,
retenait ses sanglots. Michel, faisant de vains
efforts pour retenir ses larmes, la regardait en
tremblant sans oser parler.

— Il est donc malade ? s'écria-t-elle ; pourquoi

ne pas le dire. Je vais le rejoindre, je le soignerai ;
allons, venez. Et déjà levée, elle s'avance vers le
berceau pour prendre l'enfant et partir.

— Chère maman, lui dit Michel l'arrêtant,
nous t'aimerons davantage encore, maintenant.

Elle regarda son fils longuement, comme si les
mots qu'il venait de prononcer n'entraient que
lentement l'un après l'autre dans son cerveau ;
puis tout à coup sans un geste, sans un cri elle
ferma les yeux, et elle fût tombée si Diderot ne se
fût précipité pour la soutenir.

La terrible vérité l'avait foudroyée.

Louis, effrayé, jetait de grands cris.

— Maman, chère maman, tu as encore tes trois
enfants qui t'aimeront bien, s'écriait Michel, la
couvrant de baisers.

Diderot perdant la tête, tournait dans la chambre, cherchant de l'eau, du vinaigre, n'importe
quoi, pour ranimer la pauvre mère inanimée.

Enfin des sanglots intérieurs secouèrent tout
son corps, elle r'ouvrit les yeux, et regardant, elle
aperçut ses deux fils, qui se serraient autour
d'elle.

— Mort ! dit-elle, c'est donc vrai, mort ! Mon

pauvre cher mari. Mon Dieu, qu'ai-je fait pour me rendre si malheureuse? Et, saisissant ses fils, elle les pressa contre elle en sanglotant avec un tel élan de désespoir, que Diderot, comprenant que nulle parole humaine n'était assez puissante pour consoler une semblable douleur, sortit doucement, laissant cette mère pleurer son mari, ces enfants pleurer leur père.

CHAPITRE V.

Après quelques jours donnés à sa profonde douleur, madame Sedaine sentit que ceux qui vivaient près d'elle avaient droit aussi à sa tendresse et à ses soins.

Un matin, le petit Jean sur ses genoux, Michel et Louis de chaque côté de son fauteuil, après avoir longuement parlé du père qui n'était plus :

— Je veux être courageuse, leur dit-elle, essayant de sourire au milieu de ses larmes; d'ailleurs, n'ai-je pas toute ma vie pour le pleurer? je vous ai encore, mes trois chéris, que Dieu soit béni! je puis être par vous une heureuse mère. Qu'allons-nous devenir, maintenant, Michel?

Tu m as dit que ton père t'avait recommandé tes frères, qu'allons-nous faire pour eux, mon fils?

— Je vais travailler, mère.

— Et moi aussi, petite maman, s'écria Louis.

— Tu es trop petit, toi, il faut que tu fasses tes études, que tu deviennes un savant; je suffirai seul à la tâche, moi, reprit Michel.

— Je sais bien que si je m'adressais à nos cousins, ils ne refuseraient pas de me venir en aide provisoirement; mais j'avoue que cette idée m'est pénible, et que j'aime mieux devoir à mon travail votre subsistance, mes enfants; je brode très-bien, je vais prier la supérieure de ce couvent, qui fait travailler des ouvrières dans la ville, de me donner des broderies, elle voudra bien m'occuper, je l'espère; puis, je peux encore donner des leçons de clavecin et de chant.

— Ne demandez rien aux étrangers, mère, je veux vous nourrir tout seul, s'écria Michel.

— Mais, mon pauvre enfant, comment?

— J'ai mon idée, reprit-il obstinément; avec votre broderie et mon travail, vous verrez que nous serons très à l'aise; mais il nous faut avant tout sortir d'ici; la sœur tourière s'est informée quand nous quittions ce pavillon, la règle ne permettant pas un si grand garçon dans la clôture du couvent.

— Cette bonne sœur a raison, je vais à l'instant parler à la supérieure; toi, Michel, cherche-nous un appartement propre, mais le moins cher possible. Naturellement ce ne sera pas facile à trouver. Cher fils, tu as pensé, je suis sûre, à notre ami Buron, n'est-ce pas?

— Oui, mère.

— Tu sais assez dessiner pour qu'il puisse t'employer; parle-lui de ton père, dis-lui combien il l'aimait : en souvenir de leur vieille amitié, il aidera peut-être le fils. Bon courage, Michel.

Elle se leva résolûment, et accompagnée par Louis et par Jean, qui marchait à peine, elle se dirigea vers la cellule de l'abbesse.

Michel la suivit des yeux jusqu'à ce qu'elle eut disparu sous la longue galerie; alors, sortant à son tour du pavillon, il partit à la recherche d'un logement.

Il marchait déjà depuis une heure, le nez en l'air, lisant les écriteaux, grimpant les étages des noires

maisons de la rue Saint-Jacques et des ruelles
avoisinantes, s'enfuyant à l'aspect des logis en-
fumés, incommodes, que lui vantaient les concier-
ges; déjà il avait exploré une partie du quartier,
lorsque au détour d'une petite rue derrière le
jardin du Luxembourg, il fut arrêté brusquement;
un éclat de rire argentin retentit à ses oreilles en
même temps qu'une petite main, lui saisissant le
bras, le tirait en arrière.

— Vous alliez faire comme l'astronome de la
fable de bonne-maman, dit une voix.

Baissant les yeux, Michel vit à côté de lui une
petite fille qui, riant toujours, lui montrait à ses
pieds un puits contre la margelle duquel il allait
trébucher.

— Est-ce que vous cherchez aussi des étoiles?
reprit l'enfant; ce serait plus fort que le bonhomme,
alors, puisque vous voudriez les trouver en plein
midi.

Michel, confus de sa mésaventure, agacé aussi
par le rire de la petite, qui, tout en parlant et
riant, avait attiré à elle la lourde corde, et commençait à la faire descendre dans le puits, ne ré-

pondit rien, il la regardait d'un air passablement rébarbatif.

— C'est très-commode pour les petites filles, ce puits, continuait-elle, mais très-dangereux pour les gens qui bayent aux corneilles. Il faut être prévenu. J'ai envie d'y mettre une pancarte avec ces mots : Casse-cou.

Comme Michel s'aperçut qu'elle tirait péniblement la corde qui remontait le seau, sans dire un mot, machinalement il la lui prit des mains, et se mit à tirer de toutes ses forces ; le seau arriva bientôt au jour, la petite fille emplit une grande cruche qu'elle avait apportée, et lui faisant une révérence, elle partit, déclarant que si les astronomes étaient distraits et grognons, ils étaient bien complaisants aussi.

Sa cruche ainsi remplie était bien trop lourde pour une aussi petite personne : elle s'arrêtait tous les deux ou trois pas, posait son fardeau, et soufflait. Michel se rendit compte alors de son silence, et de son impolitesse à remercier du service que l'enfant lui avait rendu, en l'empêchant de choir au fond d'un puits ; il comprit qu'il était trop niais d'en vouloir à cette petite, parce qu'elle avait ri de

la sotte figure qu'il devait faire, un pied levé au-
dessus du vide, et il courut après elle pour la
remercier; elle l'écouta, le regardant en-dessous
toujours avec son sourire au coin des lèvres, et lui
répondit qu'il n'oubliât pas l'endroit quand il voudrait continuer ses études astronomiques.

— Comment faites-vous pour porter cette grosse
cruche? lui demanda Michel, voulant rompre les
chiens.

— Je trouve quelquefois des gens obligeants
qui m'aident; bonne-maman est souffrante, cela la
fatigue trop de remonter nos étages, il faut bien
que je fasse mon petit service, n'est-ce pas?

Michel, désireux de lui prouver qu'il était aussi
de ces gens complaisants dont elle avait parlé,
s'empara de sa cruche et la pria de lui montrer le
chemin. Elle entra dans une impasse formée par
des jardins et des grands murs. Au fond, fermant
l'impasse, une maisonnette devant laquelle elle
s'arrêta était précédée d'une clôture en treillage
entourant un jardinet. Michel tomba en arrêt devant l'entrée : en effet, un écriteau y pendait, indi-
quant que le rez-de-chaussée était à louer.

— Il est gentil ce jardin, dit-il à la petite fille.

— Oh! oui, répondit-elle, et puis voyez là-bas au fond, j'y ai des lapins qui sont à moi, et qui me connaissent très-bien, ils me suivent dans le jardin, et ne gâtent aucune des fleurs de bonne-maman. En parlant ainsi, elle lui montrait, au fond du jardinet, un tonneau où se trouvaient sans doute ces fameux lapins, et quelques plates-bandes bien entretenues, où poussaient des fleurs ni très-élégantes ni très-rares, mais jolies, et surtout odorantes.

— Voulez-vous voir mes lapins? demanda la petite.

— Je suis trop pressé aujourd'hui, une autre fois. Mais vous avez un logement vide dans votre maison?

— Oui, bonne-maman s'est chargée de le louer, en cherchez-vous un? c'est petit, mais très-joli; vous verrez, je vais prévenir bonne-maman. Laissant sa cruche aux mains de Michel, elle s'élança dans l'escalier; Michel la suivit, il l'entendit entrer comme un ouragan dans une pièce du premier étage, et toute essoufflée s'écrier :

— Bonne-maman, il y a là un astronome, tu sais, celui qui est tombé dans un puits; non, qu'est-ce que je dis donc? un petit garçon qui

veut louer le rez-de-chaussée, et qui aime beaucoup les lapins; il a une très-bonne figure, cet
astronome.

La bonne-maman, stupéfaite de cet assemblage
de puits, de lapins et d'astronome, sortit sur le
palier, et se trouva en face de Michel, qui ne savait quelle contenance tenir après une telle présen-
tation. Elle sourit avec bonté de son embarras.

— Quelle étourdie que cette enfant! excusez-la,
je vous prie, dit-elle, s'apercevant que Michel
tenait encore la cruche qu'il ne savait où poser;
elle la prit de ses mains.

— Vous cherchez un logement, continua la
vieille dame, je vais vous montrer celui dont je
puis disposer. Veuillez m'attendre en bas, je vous
suis; et précédée de la fillette qui apportait les
clefs, elle descendit ouvrir les trois pièces dont les
fenêtres, donnant sur le jardin, étaient obstruées
par des branches folles de chèvre-feuille et de
jasmin.

A première vue, Michel fut charmé de ce petit
logis, qu'en ce moment un vif rayon de soleil
éclairait et égayait.

— Ah! je le trouve charmant, dit-il, c'est propre, c'est gai, ces brindilles de jasmin élaguées ; j'en aurai bien vite fait un berceau avec quelques perches et du fil de fer. Je crois que maman s'en accommodera.

La vieille dame, de son côté, déclara qu'elle serait enchantée d'être utile à sa nouvelle voisine.

— J'ai aussi deux petits frères, reprit Michel ; pourront-ils se promener dans le jardin, Madame?

— Le jardin m'est réservé ; mais il est à la disposition de mes voisins, et il y a là-bas deux vieux ormes à l'ombre desquels les chers enfants seront libres de jouer tout à leur aise, sans même qu'il soit besoin de les surveiller.

— Alors c'est parfait, et je vais aller chercher maman.

La petite fille accompagna Michel jusqu'à la porte extérieure ; sa figure paraissait un peu inquiète, enfin elle se décida à parler.

— Vos frères aiment-ils les lapins? lui demanda-t-elle tout bas.

— Louis, je le crois ; mais Jean est encore trop petit ; ce sont d'ailleurs de bons enfants, qui seront bien vite vos amis et ceux de vos lapins.

Elle sauta de joie.

3

— Alors, allez vite les chercher, Monsieur ; comment vous appelez-vous ?

— Michel ; et vous, Mademoiselle ?

— Rosine.

— Au revoir, Rosine.

— A tout de suite, Michel.

Le soir même, madame Sedaine, suivie par une petite voiture à bras traînée par un commissionnaire, et que poussaient Michel et Louis, amenait les quelques meubles échappés au naufrage de sa fortune.

Ses enfants l'aidèrent à mettre tout en ordre ; la vieille voisine vint lui offrir ses services, qui furent acceptés avec joie : elle s'empara alors de Jean, un peu délaissé au milieu de ce chaos, et qui bégayait quelque chose signifiant qu'il avait grand'faim ; elle l'emporta, le fit souper et le coucha.

Rosine avait demandé le département de la cuisine ; elle était retournée au puits, et revenue, elle lavait fort adroitement la vaisselle du petit ménage, et mettait tout en place avec une prestesse et une habileté extraordinaires.

Tout émerveillé, Louis disait à sa mère :

— Mais viens donc voir la petite fille ; elle range tout comme si c'était chez elle.

— Vous venez de passer une bien mauvaise journée, petite mère, il faut vous reposer, dit Michel, embrassant madame Sedaine.

— Mais non, Michel, pas si mauvaise : nous venons presque de gagner deux amies.

Michel alla s'étendre avec Louis sur le matelas posé à terre dans un petit cabinet noir, qui jusqu'à nouvel ordre devait leur servir de chambre à coucher; bientôt tout ce petit monde, vaincu par la fatigue, dormit à poings fermés.

CHAPITRE VI.

Maintenant que l'on était logé, il fallait vivre et gagner le pain quotidien; les ressources de madame Sedaine étaient bien près d'être épuisées complètement, et les frais de leur modeste installation venaient encore de les diminuer.

Aussi, dès le lendemain matin, avant que personne fût réveillé dans la maison, Michel sortit pour aller chez monsieur Buron; il espérait qu'il le voudrait bien prendre comme commis pour faire ses épures; il ne doutait pas de lui : il savait quelle amitié l'unissait à son père, et quelle bonté il lui avait toujours témoignée à lui-même. Il arriva donc plein de confiance, et sonna à la porte de la maison du vieux camarade de son père; personne ne répondit. Il remarqua alors que tous les volets étaient fermés, et s'étonna de ce silence à pareille heure, où il recevait habituellement ses commis et les maîtres-maçons, qui venaient chercher ses ordres.

Il resonna plus fort, et alors seulement la porte s'entrebâilla pour laisser passer le nez pointu de Martine, sa gouvernante.

— Ah bien! il est loin, monsieur Buron, s'il court toujours; que lui voulez-vous? demanda-t-elle; si ça a du bon sens de s'en aller à son âge dans les pays sauvages et étrangers, quand on est si bien chez soi, continua l'aimable gouvernante en s'animant; mais non, monsieur rêvait ce voyage depuis sa jeunesse, et un beau jour, sans rien dire, il s'est envolé comme un moineau.

Michel écoutait ce flot de paroles amères, sans pouvoir l'interrompre; si grande était sa déception, que les larmes lui montaient aux yeux, et que l'émotion lui serrait la gorge; enfin, il se raccrocha à un faible espoir qui venait de luire subitement à son esprit.

— Depuis combien de temps est-il parti? demanda Michel.

— Depuis un mois.

— Et quand revient-il?

— Est-ce que je sais? ajouta brusquement la vieille; que lui voulez-vous?

— Rien; plus tard je le verrai, balbutia Michel, qui retenait à grand'peine ses larmes.

—Ce n'était pas la peine, alors, de me déranger, acheva la gracieuse Martine; et la porte se referma bruyamment, laissant Michel au milieu de la rue, désespéré de ce voyage, qui anéantissait tous ses projets.

Cependant une autre idée vint relever son courage; il se redressa et reprit sa marche, *courant presque.* Il se souvenait du chantier où son père entretenait autrefois de nombreux ouvriers; *monsieur Sedaine l'y avait mené souvent.* Il avait vu ces braves gens entourer respectueusement son père, qui n'était pas un maître dur et difficile à contenter; ils ne devaient pas l'avoir encore oublié.

Michel arriva au chantier, rouge, essoufflé ; il s'arrêta à l'entrée, n'osant plus avancer.

Le chantier était plein de bruit et de mouvement, un autre architecte l'avait loué et y faisait travailler pour son compte.

Comment reconnaître les anciens ouvriers de son père parmi toutes ces figures, et comment s'adresser juste à ceux qui l'avaient aimé ? Il fallait tenter l'aventure cependant, et il entra résolûment ; personne ne fit attention à lui, il allait regardant attentivement chaque ouvrier, lorsqu'il arriva devant le groupe des tailleurs de pierres : un vieillard enveloppé d'un long tablier de cuir, le tricorne légèrement incliné sur le front, la mine un peu renfrognée pour se donner un air d'importance, paraissait être un contre-maître, à la façon dont il donnait des indications et des ordres, et gourmandait autour de lui.

— Bonjour, maître Antoine, s'écria Michel, que je suis heureux de vous trouver !

Le vieil ouvrier regarda avec surprise ce jeune garçon, portant le costume des enfants de bourgeois de l'époque.

— Vous ne me reconnaissez donc pas, maître

Antoine? Avez-vous oublié déjà votre patron, monsieur Sedaine?

— Pourquoi supposez-vous cela, marmot? s'écria l'ouvrier brusquement. Pourquoi dites-vous que maître Antoine a oublié celui qui l'a fait travailler pendant vingt ans, sans un reproche jamais; puis, examinant plus attentivement Michel, un peu interloqué par cette vive sortie.

— Mais, attendez· donc, vous êtes le petit Sedaine, vous vouliez m'éprouver, pas vrai? Mais tout le monde sait bien que le vieux Antoine a du cœur. C'est bien à vous, monsieur Michel, d'être venu revoir les anciens de votre père, les camarades seront heureux de votre visite. Et votre père reviendra-t-il bientôt parmi nous?

Michel baissa les yeux, et tandis que deux grosses larmes roulaient sur ses joues, il répondit que son père était mort.

Maître Antoine ne trouva pas un mot, mais il se rapprocha de Michel, marmotta quelque chose dans ses dents, et tendit timidement sa main à Michel, qui la prit et la serra d'un air attendri dans les siennes.

— Maître Antoine, interrogea Michel, avez-vous une place de tailleur de pierres à me donner de suite?

— Certes oui, mon enfant, tant que vous voudrez, il y a beaucoup d'ouvrage en ce moment; amenez votre protégé et nous le caserons.

Michel ôta précipitamment sa petite veste.

— Voilà l'ouvrier, maître Antoine; prêtez-moi une scie, et menez-moi vers une pierre.

Maître Antoine se mit à rire de bon cœur, et tous ceux qui l'entouraient firent chorus.

— C'est une bonne farce, dit-il en clignant de l'œil, à ses ouvriers. Allons, mon compagnon, à l'ouvrage!

Et toujours riant, il le mena devant une énorme pierre, à côté de laquelle se trouvaient tout préparés le chevalet, l'auge et la grande scie.

— Allons! à l'ouvrage, répéta maître Antoine, qui trouvait la plaisanterie charmante; un enfant si gentil, si menu, se préparant à scier cette pierre, douze fois grosse comme lui; cela l'amusait beaucoup.

Michel s'assit sur le chevalet, et saisit adroitement la poignée de la lourde scie.

— Prenez garde! elle va vous blesser, lui dit le vieil homme avec intérêt.

— Je sais m'en servir, maître; j'ai appris à Bourges; et se soulevant sur sa sellette, Michel mit en mouvement la lourde machine.

— Si vous continuez comme ça, vous serez reçu compagnon quand vous voudrez, fit maître Antoine.

— Je l'espère bien, je ne plaisante pas, maître; je veux être tailleur de pierre. Il faut que je gagne le pain pour la maison : mon pauvre père mort, je suis aujourd'hui le chef de la famille, et j'ai trois personnes à nourrir; mes frères sont trop petits pour m'aider, et il faut les élever.

— Mais vot e père était, sinon riche, du moins à son aise, et ses enfants n'ont pas besoin de travailler pour vivre.

— Ah! mon pauvre Antoine, un procès l'a ruiné; ce ne serait rien, cela, mais il l'a tué. Car mon père n'a pu se faire à l'idée de se voir sans ressources, et ses forces ont trahi son courage. Nous n'avons plus rien, il faut bien que je travaille, vous comprenez cela, maître Antoine?

— Ruinés! murmurait Antoine confondu, et le patron mort! quel malheur! pauvre madame Sedaine! Enfin, comme on dit : Plaie d'argent n'est pas mortelle, mais un père ne se remplace pas; et, cependant, mon cher enfant, il faut bien pourvoir au plus pressé. Et moi qui croyais que vous plaisantiez. Vous avez bien fait de vous adresser au vieil Antoine.

Cette pierre-ci est trop grosse et trop dure pour vos petits bras; tenez, en voici une autre, asseyez-vous là et commencez.

Michel obéit, Antoine le regarda faire quelques instants; quand il vit qu'il savait manier la scie, il lui tapa sur l'épaule, et, lui souhaitant bon courage, il alla reprendre son travail; mais il le surveillait de loin, et lui faisait de petits signes d'encouragement tout en marmottant : Le fils d'un homme si instruit, tailleur de pierres! c'est tout de même beau à ce petit d'être si courageux.

A l'heure du dîner des maçons, maître Antoine prévint les anciens ouvriers de monsieur Sedaine, qui vinrent tous souhaiter la bienvenue au fils de leur patron.

Maître Antoine voulut absolument que Michel partageât la soupe brûlante que sa femme venait de lui apporter. Michel, comprenant que le vieil ouvrier serait peiné d'un refus, accepta de grand cœur la cordiale invitation; d'ailleurs il avait grand'faim; depuis le matin il travaillait, et ce labeur fatigant, auquel il n'était pas habitué, lui avait aiguisé l'appétit. Pendant le repos accordé aux maçons, après le dîner, les ouvriers qui avaient servi sous son père comme des soldats, se rapprochèrent de Michel, lui demandant des détails sur sa maladie et sa mort, qu'ils ne savaient pas.

Michel leur fit ce récit d'une voix émue; les sanglots lui coupèrent souvent la parole; sa douleur trouva de l'écho parmi ces braves gens, et le souvenir de ce bon maître, de cet homme juste qui, pendant si longtemps, les avait encouragés et fait travailler, protégea plus d'une fois Michel contre les plaisanteries et les exigences que n'auraient pas manqué de lui attirer son jeune âge et son inhabileté.

Chacun bientôt reprit sa besogne, et le soir, la journée finie, Michel était arrivé à partager sa pierre; la section opérée n'était pas d'une rectitude parfaite, mais maître Antoine déclara que c'était fort bien pour un commençant. Il l'accompagna pendant un long bout de chemin, lui prédisant un avenir superbe comme maçon.

— A demain, Michel Sedaine.

— A demain, maître Antoine, et merci; et Michel, le quittant, se mit à courir.

Il était pressé; on devait être si inquiet à la maison! parti avec le jour, il rentrait à la nuit tombée. Au coin de l'impasse, il aperçut de loin deux petites ombres qui semblaient guetter; lorsqu'il se fut rapproché davantage, Louis accourut au-devant de lui, tandis que Rosine s'élançait vers ta maison pour annoncer son arrivée.

Madame Sedaine, dont l'inquiétude était extrême, attendait son fils.

— Qu'as-tu fait toute cette journée, mon enfant? qu'est-il arrivé? monsieur Buron t'a donc gardé?

— Pardon, maman, je n'ai pu revenir vous prévenir, répondit Michel. J'ai fait ma journée; vous voilà assurée, chère maman, de ne jamais manquer de pain, je vous en gagnerai. Je suis maçon.

Alors il expliqua sa visite à monsieur Buron, son absence, et comment, ne connaissant personne autre que les anciens ouvriers de *monsieur Sedaine*, n'ayant pas le choix puisqu'il ne savait aucun état, il avait pris par la base le métier de son père.

Madame Sedaine l'écoutait les yeux pleins de larmes.

— Toi, Michel! disait-elle; toi, mon fils, un tailleur de pierres!

— Ne faut-il pas les nourrir, petite mère, lui répondit-il, lui montrant Louis qui le regardait attristé, et Jean qui faisait de vains efforts pour grimper sur ses genoux. D'ailleurs, Louis sera un architecte de talent; n'est-ce pas, frère? Nous l'élèverons pour ça, et Jean sera un membre de l'Institut; cela vous consolera, chère maman, d'avoir un fils aîné tailleur de pierres.

— Ne me crois pas cette petitesse d'esprit, Michel, lui dit sa mère, de rougir d'avoir un fils maçon. Je suis fière de toi, mon enfant, ta conduite est belle et digne de l'admiration de tous; mais tes études si bien commencées, Michel, tu vas être obligé de les laisser là; et quelle fatigue tu vas avoir dans ce métier si rude!

Et madame Sedaine, prenant dans ses mains la tête de son premier né, la couvrit de baisers et de larmes.

— Ne vous désolez pas, chère maman, je me porte bien, et le métier n'est pas si dur que vous le

supposez. D'ailleurs, maître Antoine m'aplanira les
difficultés, et m'épargnera bien des fatigues.
Quand monsieur Buron reviendra, j'e saierai autre
chose ; en attendant, chère maman, embrassez-moi
encore, je suis si heureux de vous être utile à tous
les trois; ne me gâtez pas mon bonheur par votre
chagrin.

CHAPITRE VII.

A partir de ce jour, commença pour Michel une
vie nouvelle. Levé avec le soleil, il partait pour le
chantier, son dîner dans sa poche, et gaiement
faisait la route, heureux et fier de se dire le soutien de sa famille.

Il avait entrepris ce travail à la fin d'octobre; le
froid et le mauvais temps arrivaient à grands pas ;
quelquefois son bras engourdi pouvait à peine
tirer la scie, et l'eau qu'il devait incessamment
faire couler sur la pierre, pour l'attendrir, lui
glaçait les doigts; la bise de novembre lui coupait
la figure quoiqu'elle fût protégée par un appentis,
que maître Antoine avait ajouté sur sa tête, et
qu'il avait bien soin de tourner du côté du vent,

en s'informant si Michel était suffisamment garanti.

Les maçons avaient construit dans un coin du chantier un hangar, vaste abri contre les pluies hivernales, et pour que leur travail ne subît pas de chômage; la meilleure place, bien au fond, fut donnée à Michel, sans contestations et sans que maître Antoine eût besoin de la demander.

— Ce pauvre enfant, disaient les maçons, n'est pas habitué à cette vie-là; monsieur Sedaine ne l'élevait pas en tailleur de pierres.

Lorsque le hangard fut achevé, Michel un matin y trouva sa pierre déjà installée; ils répondirent à ses remercîments : Tu es petit, tu gèlerais plus vite que nous. Le soir, Michel trouvait en rentrant sa mère et ses frères l'attendant pour le souper : madame Sedaine quittait sa broderie et préparait le couvert, aidée par Louis. Le repas pris gaiement, madame Sedaine s'installait près de la table, et travaillait aux vêtements de ses enfants, qu'elle faisait elle-même. Michel, suivant l'exemple de son père, donnait à Louis sa leçon quotidienne; il le faisait dessiner, corrigeait ses devoirs, et lui expliquait ceux qu'il devait faire le lendemain.

Quelquefois, plus souvent à mesure que l'hiver

s'avança, madame Bernard, la vieille voisine, vint
partager le feu et la lumière de la famille Sedaine.
Elle n'était pas riche, et son métier de modiste
était peu lucratif, surtout depuis qu'avec l'âge
elle avait un peu perdu de vue le goût et les modes
du jour. Rosine, sa petite-fille, était encore trop
jeune pour lui rendre de grands services; elle lui
apprenait à chiffonner ces jolis bonnets que les
femmes portaient alors, mais ses petits doigts encore maladroits n'avançaient qu'avec peine leur
besogne. D'ailleurs, Rosine, impatiente, vive, re-
muante, ne pouvait rester deux minutes en place,
et sa passion pour les lapins lui faisait souvent oublier les recommandations de sa grand'mère. Madame Sedaine, à qui la petite fille avait plu par sa
franchise, sa bonne humeur perpétuelle, et sa complaisance sans bornes pour le petit Jean, qu'elle
menait par la main dans le jardin, avec une douceur dont on ne l'aurait pas crue capable, madame
Sedaine entreprit de réformer ses manières, qu'elle
trouvait par trop masculines. Elle en parla à madame Bernard, qui, se jugeant t ès-inférieure à madame Sedaine, dont elle sentait la supériorité, la
seule vraie, que donne une bonne éducation, ac-

cepta de grand cœur, et se montra très-reconnais-
sante de la proposition.

Rosine, qui avait d'abord bâillé considérablement
aux leçons de Michel, et qui en avait profité pour
raconter à Jean une foule de contes où il était
dit tout au long que les astronomes et les savants
n'étaient drôles que les jours où ils daignaient
choir dans les puits; ces histoires à dormir debout
avaient pour effet de réveiller si bien l'enfant, qu'il
s'accrochait à la robe de son amie, disant : Encore
une! encore une! et Rosine recommençait de plus
belle, tandis que Michel, moitié riant, moitié interloqué, en perdait le fil de ses explications, et que
Louis, riant tout à fait, n'aurait pas demandé mieux
que d'aller écouter aussi les histoires de Rosine.
Mais peu à peu Rosine devint plus attentive, lorsque Michel racontait la vie d'un des héros de
Plutarque ou celle d'une de nos gloires nationales;
elle se rapprochait du groupe formé autour de la
table, laissait madame Sedaine coucher tranquillement le petit, et les yeux grands ouverts, comme
pour mieux entendre, elle suivait le récit de
Michel, et s'attendrissait avec lui à la mort de
notre grande Jeanne d'Arc ou à celle du bon roi
Henri.

Un jour qu'elle aidait madame Sedaine, Louis, qui faisait ses devoirs dans un coin, la pria de lui chercher un nom dont il avait besoin, et lui tendit le livre où se trouvait le renseignement. Rosine, avec sa complaisance toujours prête, saisit le livre.

— Eh bien ! lui demandait Louis de temps en temps, continuant à écrire. Il leva les yeux, et il vit Rosine rouge comme braise, qui d'un doigt pénible suivait la ligne, et tout bas épelait les lettres. Eh bien! répéta-t-il.

— Je crois que j'ai trouvé, Louis, répondit-elle; et lentement articulant chaque syllabe, elle parvint enfin à rassembler un mot.

Louis éclata de rire.

— C'est comme ça que vous lisez, Rosine? Ah! vous êtes bien drôle! B, y, By; zance! et vous éternuez pour prononcer le zance; Michel s'amusera bien ce soir. Et lui reprenant le livre, Louis acheva avec une nuance de mépris : Donnez, donnez, ma pauvre Rosine, les petites filles ignorantes ne sont bonnes décidément qu'à élever des lapins.

Rosine se leva toute droite.

— Qu'ai-je à faire de vos livres et de tout votre

fatras! A quoi cela me servirait-il de savoir prononcer Byzance aussi élégamment que vous sans éternuement? je ne veux pas être une savante, moi!

— Que votre cœur bannisse cette crainte, Rosine, vous ne serez jamais une savante. Oh! jamais, lui dit Louis en riant.

Ce sarcasme acheva de l'exaspérer.

— Ce que je veux faire et apprendre, je le fais et je l'apprends, et pas à la façon d'un petit garçon de ma connaissance qui bredouille ses leçons et barbouille ses dessins; j'élève des lapins, mais ils se portent bien et ne sont pas boiteux comme les vers que vous récitiez hier, et qui faisaient grincer les dents de votre frère, c'est lui qui l'a dit. Je ne suis bonne qu'à élever des bêtes; mais je vous défends d'y toucher, vous entendez, je vous le défends.

— Qu'est-ce que cela me fait? répondit Louis; des lapins ignorants, qui ne savent même pas battre du tambour!

A ce dernier outrage adressé à ses bêtes chéries, Rosine n'y tint plus, elle s'élança vers la porte et sortit en la faisant claquer, pas assez vite cepen-

dant pour qu'elle n'entendît pas madame Sedaine
que le bruit de la querelle avait attirée dans la
chambre, et qui demandait :

— Qu'est-ce donc, Louis? pourquoi querelles-tu
Rosine?

— C'est elle qui se fâche, parce qu'elle ne sait
pas lire.

— Tu te moques d'elle au lieu de la plaindre;
c'est mal, Louis.

Rosine n'en écouta pas davantage ; elle grimpa
les escaliers en deux bonds, et tomba en sanglotant
dans les bras de sa grand'mère.

Pendant deux jours elle ne parut pas, le soir elle
se couchait aussitôt le souper; le troisième jour,
qui se trouvait un dimanche, tandis que Michel et
Louis avaient été revoir leur ami Diderot, Rosine
descendit auprès de madame Sedaine, avec un
énorme volume à la main, le seul que possédait
sa grand'mère.

— Je ne puis m'en tirer seule, Madame; voulez-
vous bien m'aider?

— A quoi, mon enfant?

— A lire.

Madame Sedaine attira la petite fille auprès

d'elle, l'embrassa, posa sur ses genoux le volume
et la fit lire; lorsqu'elle sentit la fatigue arriver
pour l'enfant, elle l'arrêta, et lui promit, sur sa demande, de lui donner ainsi chaque jour une leçon,
sans en parler à ses fils.

Les deux frères rentrèrent bientôt.

— Bonjour, Rosine, lui dit Michel, qui la trouva
au jardinet entre sa grand'mère et madame Sedaine. Il ne parut pas savoir l'incident de ces jours
derniers, et après avoir considéré les rares fleurs
que l'hiver avait laissées debout, ils se mirent tous
deux à bêcher et mettre en ordre les plates-bandes.
Louis se tint à l'écart, évitant de s'approcher.

— Comment se portent vos lapins, Rosine? interrogea Michel.

— Ils sont superbes, venez les voir; et vous
aussi, Louis, voulez-vous venir? demanda timidement la petite fille. Dès ce moment, la paix fut
faite.

Les deux frères déclarèrent sans effort qu'ils
étaient les plus jolis du monde, et se faisant leurs
parrains, leur donnèrent des noms comiques qui
excitèrent des éclats de rire immodérés; une lapine

assez sauvage, entre autres, fut baptisée par Michel *Etoile filante*.

Le soir, une longue partie de lotos que Michel avait confectionnés lui-même, mettait le sceau à la réconciliation.

Un mois après, Rosine, tout en déshabillant le petit Jean, lui récitait pour l'endormir la fable de la Cigale et la Fourmi, qu'elle avait apprise en cachette; des applaudissements chaleureux récompensèrent sa tentative.

— Tu vois, Louis, qu'en si peu de temps Rosine a appris à lire parfaitement, dit madame Sedaine.

— Et elle récite des vers qui ont tous leurs pieds, au moins, acheva Michel.

— Rosine m'a déclaré qu'elle faisait bien tout ce qu'elle faisait; je ne suis donc pas étonné, répondit Louis en allant embrasser son ancienne adversaire.

CHAPITRE VIII.

Michel proposa à Rosine de lui donner des leçons de dessin; mais madame Bernard refusa poliment,

ne voulant pas charger ses voisins d'une éducation
à faire. Elle prétendait d'ailleurs que pour confectionner des coiffes et des bonnets, Rosine en sau-
rait toujours assez. Madame Sedaine voulut cependant que Rosine sût écrire; Michel lui faisait de
grands modèles d'écriture qu'elle copiait le soir en
tirant la langue, et cassant tous ses crayons, tant
elle y mettait d'application.

Quand elle s'apercevait que les deux frères la
regardaient du coin de l'œil, en retenant un éclat
de rire, elle relevait la tête, riait elle-même franchement la première, rejetait en arrière d'un mouvement naturel et coquet tout à la fois ses cheveux, que dans son ardeur au travail elle laissait
inonder son visage, et emportée par sa malice :

— Voilà, disait-elle, un professeur bien peu sérieux, et un écolier bien peu attentif.

Elle sautait de joie quand Michel, corrigeant ces
pages noircies, daignait trouver qu'il n'y en avait
pas trop ressemblant à des branches de pincettes
ou à des girouettes.

L'hiver et le printemps se passèrent ainsi avec
cette bonne vie de famille. Michel allait au chan-

tier le jour, et le soir continuait l'éducation de
son frère.

Grâce à l'énergie de son fils aîné, madame Sedaine ne sentit pas un jour la misère approcher du
pauvre logis. Puis vint l'été; le travail en plein
air, les joyeuses chansons des maçons furent re-
prises, et aidèrent bien souvent à faire oublier la
fatigue d'une chaude après-midi, et d'un soleil
aveuglant au milieu de ces pierres. Tandis que ses
compagnons couchés dans l'herbe faisaient la
sieste après le repas de midi, Michel, à l'écart,
lisait Horace, Virgile, Molière, Montaigne, qui
furent les adorations de toute sa vie; puis, l'heure
du travail revenue, avec un soupir de regret il
fermait son livre, et reprenait courageusement sa
tâche. Maître Antoine, qui vit avec quels tristes
regards il laissait ses chers livres, lui confectionna
en secret un petit pupitre qu'il posa à côté de sa
longue scie; tout en travaillant, Michel put continuer sa lecture. Il n'oublia jamais cette attention,
et lorsque, devenu vieux, il en parlait encore,
c'était avec des larmes dans les yeux qu'il se souvenait du vieux maçon. Un jour, pendant un repos, un jeune maçon qui, étendu sur le dos, sem-

blait sommeiller, demanda tout à coup à Michel
ce qui le faisait si fort content, qu'il riait tout
seul.

Michel, qui tenait Molière, lut tout haut les premières scènes du *Médecin malgré lui;* quelques
ouvriers s'approchèrent, et notre poète immortel
eut un succès de gaieté qui prit des proportions
énormes.

Le dimanche, Michel et son frère Louis, madame Sedaine, le petit Jean, et Rosine les accom-
pagnant, faisaient tous ensemble de longues promenades : plus souvent les deux frères allaient
chercher Diderot, qui était toujours reçu comme
un ami dans la famille. Diderot avait décidément
mis de côté la théologie, et il travaillait maintenant chez un procureur où son père l'avait placé,
mais sans se trouver plus à l'aise au milieu des
paperasses chicanières que des in-folios canoni-
ques ; il aimait la lutte, la discussion, la critique
lui venait plus facilement aux lèvres que la
louange ; il rêvait la vie d'écrivain libre de toutes
entraves, et il apprenait seul l'anglais, le soir,
pour arriver à faire des traductions qu'un libraire
lui avait commandées ; travail que son caractère

entreprenant, ne doutant jamais de lui ni de rien, lui avait fait accepter sans savoir le premier *yes* de la langue anglaise.

Il aimait Michel et l'admirait presque, quoique ce fût un enfant auprès de lui; il appréciait son intelligence, son grand cœur aussi; leurs promenades, égayées par son esprit et son entrain, étaient de grandes fêtes pour Michel.

Vers l'automne, monsieur Buron revint de son long voyage, ce fut avec douleur qu'il apprit la mort de son vieil ami, et la gêne dans laquelle sa veuve était tombée; il voulut installer celle-ci chez lui, sous le prétexte que sa maison allait de travers, et avait besoin d'une direction sérieuse.

Madame Sedaine refusa; elle sentait qu'une femme et trois enfants ne sont pas toujours un voisinage agréable pour un homme veuf, habitué à vivre seul depuis que sa fille était au couvent. Il avait ouvert sa bourse, mais n'avait osé insister en présence de la soudaine émotion de madame Sedaine.

— Mais, le fils de mon ami Sedaine ne peut être un maçon; je ne le veux pas, moi, Madame; vous direz ce que vous voudrez, je ne le veux pas, s'écriait l'excellent homme, rouge comme braise.

Ce fut au tour de Michel de répondre qu'il avait trouvé de quoi vivre chez ces braves gens, et qu'il quitterait difficilement un métier qu'il connaissait maintenant, et qui le laissait penser en travaillant; il n'avouait pas qu'il se jugeait pour le moment incapable de gagner sa vie autrement, et qu'il ne voulait rien devoir à personne. Son orgueil était flatté de se dire :

— C'est moi qui fais vivre ma mère; c'est à moi que mes frères devront leur éducation.

Il lui semblait qu'il accomplissait mieux ainsi le dernier vœu de son père.

Cependant il demanda à monsieur Buron de bien lui confier quelques épures à faire, et il promit de s'y appliquer de tout son cœur. Il dut copier en outre un manuscrit sur l'architecture grecque, travail longtemps caressé par leur vieil ami, ce qui devait augmenter les ressources de la petite famille. Chaque semaine, monsieur Buron venait passer la soirée avec madame Sedaine et les enfants; là, tranquillement assis autour d'un modeste souper, on causait des amis, des parents dont madame Sedaine s'était volontairement éloi-

guée, ne voulant être ni plainte ni humiliée.

Michel retrouvait auprès de sa mère et de leur
vieil ami ces habitudes de bonne compagnie, de
bonne vie intime et simple qu'il ne devait jamais
oublier, et dont ses œuvres se ressentirent plus
tard. La Saint-Antoine approchait; les maçons
compagnons de Michel voulaient fêter dignement
le vieux contre-maître, qui depuis si longtemps les
dirigeait. Michel se mit à la tête du complot, on
organisa une procession avec fleurs, compliments
et bouquets; mais il fallait des couplets. Comment
souhaiter une fête sans chanson!

Chacun proposait la sienne, mais aucune n'ob-
tenait les suffrages.

— Voyons, monsieur Michel, vous qui avez toujours le nez dans un livre, vous devez connaître
une chanson qui ferait bien notre affaire, lui dit
Blaise, son jeune voisin de chantier, qui professait
pour Michel l'admiration la plus profonde.

— Mais non, je vous assure; ni Montaigne ni
Virgile ne chansonnaient, répondit Michel en
riant.

— Faites-en une, vous, alors!

— Mais, je n'en ai fait de ma vie, se récria Michel.

— Pour un garçon comme vous, c'est pas difficile, reprit l'obstiné maçon ; moi, à votre place, voyez-vous, j'aurais déjà trouvé ; à quoi cela vous sert-il alors d'être si savant, si vous ne pouvez pas nous faire une petite chanson de rien du tout?

— Mais, ce n'est pas la même chose, Blaise.

— Essayez toujours, monsieur Michel.

— Au fait, si elle n'est pas bonne, ma chanson, vous ne la chanterez pas. Dormez, dit Michel à ses compagnons, je vais chercher.

— Que nous n'ayions pas l'air de porter le diable en terre, monsieur Michel ; je n'aime pas ça, lui glissa Blaise.

Et tandis que, le dos au soleil, les maçons s'endormaient, Michel prit son crayon, la règle qui lui servait à métrer ses pierres, et dessus il écrivit sa première chanson, cherchant la rime rebelle, et fredonnant à mesure l'air qu'il y adaptait.

— Eh bien? demanda Blaise mystérieusement, lorsque l'on reprit le travail.

— Je la tiens ! encore quelques couplets, et c'est fini, dit Michel.

Le soir, la tâche achevée, la chanson l'était aussi. On laissa partir en avant maître Antoine, et les maçons entourant Michel, il leur chanta à demi-voix la Tentation de saint Antoine.

Elle était bien un peu maçonnière, la première chanson de notre Michel; mais, après tout, elle s'ad essait à des maçons. Elle eut un succès fou, les rires et les bravos couvrirent souvent sa voix; ils déclarèrent qu'aucun chanteur public n'en chantait de plus jolies sur le carré des Halles, qu'elle était spirituelle, amusante; et puis, elle était faite pour eux, cela les ravissait. Ils proclamèrent que Michel ferait honneur à la corporation, et ils offrirent de le porter en triomphe chez sa mère : proposition que Michel refusa avec empressement.

Blaise fut chargé de chanter la chanson, le fameux jour, et tous devaient en répéter le refrain à chaque couplet.

Ce fut une fête dont le quartier Saint-Antoine, réveillé en sursaut, se souvint longtemps.

La femme du maçon, que l'on avait mise dans la confidence, lui avait dès l'aurore fait endosser ses plus beaux habits; elle avait versé tout un pot de pommade sur ses cheveux gris, et lié leurs mèches avec un superbe ruban jaune qu'elle sortit de sa coiffe des grands jours.

Maître Antoine s'était laissé pomponner en grommelant un peu contre la coquetterie des femmes; mais feignant de ne pas se souvenir que la Saint-Antoine était la cause de cette toilette inusitée, il attendait le dîner et le bouquet de sa femme pour lui sauter au cou, en se souhaitant à lui-même encore une heureuse année avec sa vieille compagne.

Soudain la petite maison fut remuée jusque dans ses fondements par un formidable hourra.

Maître Antoine se précipita à la fenêtre; lorsqu'il parut, les applaudissements éclatèrent. Le vieux contre-maître n'en pouvait croire ses yeux : il voyait rangés en demi-cercle devant sa maisonnette tous ses ouvriers endimanchés; bouquet à la boutonnière de leurs vestes de ratine, et longues jarretières de ruban flottants; au milieu, Blaise, armé d'une énorme gerbe de fleurs d'hiver, lui cria :

— Descendez doncs maître Antoine, nous n'entrerons jamais tous chez vous sans défoncer les escaliers. Au moment où le vieux contre-maître passa le seuil, soutenu par sa femme aussi émue, aussi enchantée que lui, Blaise s'avança, toussa en fausset. cracha pour s'éclaircir la voix, et au milieu d'un grand silence commença avec une voix à casser les vitres de tout le voisinage la Tentation de saint Antoine.

Il y allait de tout son cœur et de tous ses poumons; les voisins, attirés dans la rue et aux fenêtres par tout ce tapage, reprirent en chœur, après Blaise et les ouvriers, le dernier couplet. Ce fut un succès assourdissant.

— L'auteur! l'auteur! demandait-on en riant.

— Qui donc a fait cette jolie chanson? s'écriait maître Antoine émerveillé.

Blaise, tout glorieux, alla prendre par la main Michel, qui s'était joint à ses compagnons de travail, pour rendre cet hommage au vieux et honnête maçon.

— Messieurs et Mesdames, voici le poète, s'écriat-il, en le tirant presque de force au milieu du groupe. Maître Antoine lui demanda la faveur de l'embrasser. Michel lui sauta au cou tout bonnement, lui souhaitant une heureuse fête.

— Oh! oui, une heureuse fête, bégayait le vieux; vous, monsieur Michel, vous êtes un grand poète! Mes enfants, que je suis heureux!

Et pour prouver son bonheur, maître Antoine fit comme sa femme, qui s'essuyait les yeux avec le coin de son tablier, il se mit à fondre en larmes.

Quand toute cette émotion fut un peu calmée, il voulut immédiatement défoncer sa barrique de vin blanc; mais les maçons s'opposèrent à ce que l'on défonçât quoi que ce fût.

— Nous vous ramènerons votre mari ce soir, dirent-ils à la femme d'Antoine; et ayant placé le vieux maçon au milieu d'eux, le cortége se reforma et se mit en marche, musette en tête, vers la barrière Saint-Honoré, où un dîner plantureux les attendait; ils allaient faire deux lieues pour se mettre en appétit.

Les voisins restèrent à voir défiler les quarante ouvriers, et quand tout fut fini, les félicitations données et reçues par la voisine, chacun rentra chez soi fredonnant, qui le premier couplet, qui les derniers vers de la première chanson de Michel Sedaine.

CHAPITRE IX.

Quelques jours après, Blaise vint supplier Michel de faire aussi pour lui une chanson; et lui, que son succès encourageait, apporta un matin à son compagnon la chanson de Blaise.

Les maçons portèrent aux quatre coins de Paris ces deux chansons, qui furent bientôt chantées partout et par tous.

— Michel, lui dit Rosine, vous faites des vers et n'en parlez pas; madame Sedaine et bonne-maman disent qu'ils ne sont pas bons pour les petites filles; voulez-vous bien en faire qu'une petite fille puisse chanter.

Michel promit, et aussitôt qu'il était libre, il rimait, soit un quatrain pour sa mère, soit un rondeau pour Rosine ou monsieur Buron. C'était pour lui la distraction la plus agréable; et quittant Horace et Montaigne, il se souvenait de Molière, pour faire jaser Marinette ou Martine. Quelques-unes de ces petites pièces, prêtées par Michel à ses compagnons, pour leurs femmes ou leurs sœurs,

montèrent de là dans un cercle plus élevé, et
bientôt les bourgeoises, les dames de la cour
même, chantèrent à leur clavecin les plaintes des
bergers et bergères de Michel.

Cela devint une mode, une fureur, et chacun
redisait les chansons du tailleur de pierres, dont
personne ne savait encore le nom.

Monsieur Buron, qui venait, en qualité d'architecte entrepreneur de maçonneries, de commencer des travaux considérables, prit Michel comme
conducteur des travaux; il le tirait ainsi de sa
condition servile, et d'un simple artisan il faisait
presque un maître maçon. Dès lors ses soirées
furent souvent prises; il dut renoncer à continuer
l'éducation de son frère, que d'ailleurs il ne pouvait pousser plus loin. Louis fut donc mis externe
au collége Saint-Louis, où lui-même avait com-
mencé ses études; et les gains plus élevés que rap-
portèrent à Michel ses nouvelles fonctions, servi-
rent à acquitter la pension de Louis; en cessant
ses leçons, il travaillait encore pour son frère.

Jean resta sous la surveillance de sa mère, et
Michel réserva pour plus tard ce nouveau devoir.

Monsieur Buron, et c'était là un thème favori,

reprochait souvent à madame Sedaine son éloignement de toutes les personnes qui composaient sa
société d'autrefois.

— Vos amis se plaignent de vous, lui disait-il,
vous avez cessé de voir même vos parents;
vous vous enfermez dans votre maison comme
dans un cloître, vous n'en sortez plus et n'y laissez
pénétrer personne; je sais bien que vous pleurez
un mari qui vous fut cher; mais ne voir personne,
et après cinq ans de veuvage et de solitude...

— Vous avez mauvaise grâce à vous plaindre,
mon ami, répondait doucement madame Sedaine;
ne vous vois-je pas toujours avec le même plaisir
et la même amitié?

— Merci, ma chère amie; mais moi, ce n'est pas
assez, vos enfants plus tard se plaindront peut-
être, eux, que vous ayiez ainsi rompu avec vos relations.

— Pourrais-je les recevoir chez moi à mon
tour? Voyez le bel intérieur et quelle figure honnête j'y ferais. Non, je suis retirée du monde; mes
enfants et vous, mon ami, suffisez à remplir mon
cœur; d'ailleurs les pauvres ne sont accueillis

qu'avec crainte et indifférence, et je ne voudrais
pas que mes enfants me vissent humilier.

— Ah! vous êtes injuste et orgueilleuse! Mais,
puisque rien ne peut changer votre résolution,
souffrez au moins que je mène Michel chez d'anciens amis de son père, et chez une femme qui fut
de vos connaissance, madame de Soucy, gouvernante des enfants de France, qui, dernièrement,
me parlait encore de vous.

— Oh! mon bon ami, pourquoi me faire présen-
ter?.s'écria Michel tout effrayé.

— Toi, tu n'as pas la parole, continua monsieur
Buron; si on te laissait à tes pierres, tu devien-
drais aussi sauvage que ta mère; apprête-toi, dans
huit jours je viendrai te chercher; tu dîneras avec
de vieux camarades à moi, tu nous feras, si tu
peux, une jolie chanson pour le dessert ; ensuite je
te conduirai chez de Peyre l'architecte, et chez
madame Soucy. Va! tu seras content. Que mur-
mures-tu encore entre tes dents? Tes mains brûlées
par le soleil, et tes habits négligés? D'abord, tu as
f..rt le temps de faire confectionner un habit pré-
sentable, et je vois là-bas dans son coin une petite
fille qui ne demande pas mieux que d'aider ta

mère à plisser des manchettes qui les cacheront,
tes mains; et puis vois-tu, Michel, ne rougis pas
des rugosités qu'y a semées le travail : tout honnête homme aimera mieux serrer la main calleuse
d'un brave garçon comme toi, que la patte blan-
che, fluette et soignée d'un muscadin qui n'a
jamais rien fait de ses dix doigts, et dont tout l'esprit consiste à dire des futilités qui ne sont utiles à
personne.

Madame Sedaine, aidée de la vieille madame
Bernard, qui retrouva ses doigts de vingt ans
pour tricoter une superbe paire de bas gris perle,
et de Rosine, qui chiffonna un jabot plissé, eut
bientôt confectionné un costume de la plus grande
simplicité, mais que l'air franc et ouvert, le main-
tien modeste et aisé de Michel empêchaient de
trouver grossier.

Au jour dit, il fit donc son entrée dans le salon
de madame de Soucy, présenté par son vieil ami;
personne n'était admis ce soir-là, excepté la famille
et les amis les plus intimes.

En entrant dans ce salon plein de lumières, en
se voyant regardé par tout ce monde en habit de
cour, Michel sentit son courage l'abandonner, et

s'il l'eût pu, il se serait enfui dès le seuil; mais présenté par monsieur Buron à la maîtresse de la maison, qui lui fit l'accueil le plus affectueux, devant ce doux regard qui semblait l'encourager, la contrainte qui lui serrait le cœur se dissipa aussitôt; il reprit son empire sur sa timidité, et redevint ce qu'il était toujours, le garçon le plus simple et le plus franc du monde.

Monsieur de Soucy lui parla de son père, qu'il avait employé autrefois, et avec lequel les relations lui avaient paru agréables. Madame de Soucy, qu'une indiscrétion de Buron avait instruite du nom du jeune auteur des chansons qu'elle aimait et chantait au clavecin, lui en fit compliment, et le pria de dire quelque chose; il s'exécuta de bonne grâce, et fut fort applaudi.

Ce fut de ce soir que s'établit entre Michel et madame de Soucy cette amitié respectueuse de la part du jeune homme, qui dura jusqu'au dernier jour de sa protectrice. Lorsque ses travaux de maçonnerie ne l'absorbaient pas trop, il venait lire à ce cercle intime les vers qu'il avait composés en travaillant; madame de Soucy finit même par l'appeler : mon berger, tant il la nommait souvent :

ma Philis; elle se fit la propagatrice, dans les salons du grand monde, des madrigaux, des quatrains, et même de quelques petits contes en vers qu'il lui dédia ; lui, n'oublia jamais la bonté, la générosité, les vertus de ce couple, qui le premier accueillit ce jeune homme sans nom, d'une position si inférieure à la leur, uniquement parce qu'il lui reconnaissait quelque talent, et beaucoup d'honnêteté et de vertu. Michel rencontra, chez monsieur Buron, monsieur de Peyre, architecte de talent, monsieur de Wailly, qui s'intéressèrent à lui.

Ce fut en sortant de chez monsieur de Peyre, où il avait été fêté par tous, qu'il composa, et lui envoya cette jolie épître à mon habit, qui est restée et restera le modèle du genre. Quelle simplicité naïve dans l'expression, quelle finesse dans le trait, quelle bonhomie dans la malice !

Ha! mon habit, que je vous remercie.
C'est vous qui me valez cela,

disait Michel; il se trompait sciemment, et malgré toute sa modestie il le sentait et le savait bien.

Ce qu'on aimait, ce qu'on admirait en lui, c'était sa conduite irréprochable, cette vie toute

entière dévouée à sa mère, à ses frères, sans arrière-
pensée ; il était heureux de se savoir leur protecteur et leur gagne-pain, il en était orgueilleux.
Quel noble orgueil ! et quel bel exemple !

CHAPITRE X.

Depuis quelques mois, la grand'mère de Rosine
était devenue triste, sombre, ne quittant presque
plus sa chambre, où elle s'enfermait de longues
heures sans permettre même à sa petite-fille d'entrer ; elle la renvoyait avec son ouvrage, et quelquefois Rosine, que cette conduite inaccoutumée
étonnait et inquiétait, avait entendu comme le
bruit d'un sanglot derrière la porte fermée. D'autres fois elle parlait longuement à Rosine de ses
devoirs, de sa vie, qu'elle devait consacrer au
travail.

— Mais, je le sais bien, grand'mère, répondait
l'enfant ; comme vous, je dois travailler, puisque je
n'ai pas d'argent.

Rosine remarquait les yeux rougis de sa grand'-
mère, lorsqu'elle se levait le matin. Elle parla de

toutes ses craintes à madame Sedaine, qui monta chez sa vieille et pauvre amie, se fit ouvrir de force, et l'obligea à s'expliquer sur l'éloignement inexplicable qu'elle montrait pour ses amis, et sur les pleurs qui remplissaient encore ses yeux.

— Ah! je suis frappée de la pensée que je vais laisser seule au monde une pauvre enfant dont je suis le seul soutien ici-bas; Rosine a quinze ans, maintenant, que deviendra-t-elle dans Paris, quand je ne serai plus là? et je sens que le terme approche. Vous devez comprendre mon désespoir, vous qui êtes mère aussi.

— Je suis là, moi, s'écria madame Sedaine.

— Ah! ne prenez aucun engagement, Madame, vous ne le pouvez pas; et vos fils, et Michel, qui travaille pour tous; vous ne pouvez pas lui imposer une plus lourde tâche.

Elle disait vrai, madame Sedaine le sentit. Comment augmenter sa famille, quand Michel était le seul qui gagnât pour tous!

Elle essaya cependant de tranquilliser sa vieille voisine.

— N'avez-vous aucun parent qui consentît à se

charger de votre petite-fille? lui demanda-t-elle, pressant ses mains tremblantes.

— J'ai un neveu à Troyes, qui est même dans une position aisée ; mais je me suis déjà adressée à lui dans une autre circonstance, et son refus fut si sec, si hautain, que blessée, humiliée, je n'ai jamais renouvelé ma tentative ; j'eusse préféré mourir de faim.

— Cette fois-ci, vous ne demandez rien pour vous, c'est pour une jeune fille, sa parente, elle aussi ; essayez, mon amie, Dieu touchera peut-être son cœur. Dans tous les cas, une certitude vaut mieux que ce doute qui augmente le trouble de votre esprit, que je crois plus malade que votre corps.

La vieille femme remercia madame Sedaine avec effusion. Mais, sans paraître partager cette conviction, elle consentit à écrire.

— C'est un homme dur, qui vit avec sa femme, sans enfants. Mais ils ne feront rien, allez! Et cependant, malgré cette affirmation, cette lueur d'espérance que madame Sedaine s'efforçait d'entretenir en elle, la soutenait, elle paraissait aller

mieux; elle attendait une réponse, cela la faisait
vivre.

L'attente se prolongea, aucune lettre n'arriva, le
désespoir reprit le dessus.

— Ils voyagent peut-être, disait madame Sedaine, ils n'ont pas encore votre demande.

— Mais, bonne-maman, c'est inouï, s'écriait
Rosine; me vouloir envoyer chez un homme que
je ne connais point! Je ne veux pas y aller, je te
désobéirai, voilà tout.

Sa grand'mère soupirait, murmurait les mots de
séparation forcée, et retombait aussitôt dans sa
torpeur chagrine.

Enfin, une fièvre violente se déclara. Madame
Sedaine ne quitta plus sa vieille voisine; Rosine
comprit le danger qui la menaçait : elle se tenait
tout le jour auprès de celle qui toute sa vie avait
été tout pour elle; elle pressait ses mains, les
baisait, la conjurant de ne pas mourir; elle n'inter-
rompait ses sanglots que pour dire à madame
Sedaine :

— Ce n'est pas vrai, n'est-ce pas, qu'elle va me
quitter?

L'idée fixe de la pauvre femme était cette ré-

ponse, qu'elle s'obstinait à attendre encore, quoique depuis deux mois rien ne fût venu aider à ses
espérances. Un soir, elle parut s'éveiller d'un
rêve.

— Je mourrai donc désespérée! s'écria-t-elle;
cette lettre, cette lettre qui n'arrive pas!

Puis, regardant sa petite-fille :

— Ah! pauvre Rosine! acheva-t-elle.

Michel allait entrer dans la chambre de leur
voisine, lorsqu'il entendit cette exclamation. L'accent le toucha profondément, de grosses larmes
vinrent à ses yeux; il redescendit sans bruit, et,
sans que personne se fût aperçu de son entrée, il
ressortit.

Un quart d'heure après, il rentrait précipitamment.

— Madame Bernard, cria-t-il dès le palier, une
lettre de Troyes que je viens de trouver à la poste;
et grimpant quatre à quatre les escaliers, il se précipita dans la chambre de la malade.

Madame Bernard se souleva sur son oreiller,
tendit ses mains tremblantes, et saisit la bienheu-
reuse lettre; elle voulut la lire, mais sa vue
affaiblie, le tremblement convulsif qui l'agitait,

l'empêchaient de déchiffrer un mot, elle remit la lettre à madame Sedaine.

Le cousin acceptait, il se chargeait de Rosine, et promettait même de la nourrir plus tard.

La malade, la figure radieuse, écoutait; elle joignit les mains, et une bénédiction partie du cœur passa sur ses lèvres.

Quelques jours plus tard, madame Bernard s'éteignit doucement.

— Que je suis heureuse! murmura-t-elle en expirant.

Cette femme venait de mourir en prononçant trois mots qu'elle avait bien peu dits dans sa vie; mais qu'ils avaient été doux en ce moment suprême! La famille Sedaine suivit le modeste convoi, que Michel avait ordonné. Rosine, dont le chagrin profond les émouvait tous, fut installée par madame Sedaine auprès d'elle. Elle voulait la garder et la consoler pendant les premiers temps d'une si dure séparation.

Après quelques jours, étonnée de ne recevoir aucune nouvelle des parents de Rosine, elle fit part à Michel de son désir de leur écrire.

— Je crois, chère maman, que vous agirez

sagement de n'en rien faire, répondit-il en souriant.

— Pourquoi?

— Ce sont des gens sans entrailles, puisqu'ils
n'ont pas été remués par le touchant appel de la
vieille grand'mère; laissez-les, mère, ne vous occupez jamais d'eux.

— Mais, Michel, je ne te comprends pas; cette
lettre, cependant?

— Vous aimez Rosine, n'est-ce pas, mère? Sa
gaieté vous amuse; c'est une charmante fille, qui
promet d'être une charmante femme. Eh bien! je
l'adopte, moi! Vous y opposerez-vous? J'aurai
trois enfants au lieu de deux, voilà tout. D'ailleurs, elle a du goût, elle est adroite; je parlerai
d'elle à mademoiselle Buron, qui va bientôt se
marier; elle pourra l'employer comme modiste.
Vous voyez que Rosine n'augmentera pas nos
charges. C'est dit, nous gardons Rosine, chère
maman.

— Mais cette lettre, Michel?

— Cette lettre de Troyes! c'est moi qui l'ai
écrite, mère. Il eût fallu être odieux pour ne pas
donner cette joie à notre pauvre voisine. Si j'avais

promis de garder sa fille, elle ne m'eût pas cru,
maintenant elle nous entend peut-être; croyez-
vous qu'elle m'en veuille beaucoup, mère?

— Ah! Michel, tu seras toujours le même, mon
fils, lui dit sa mère en l'embrassant; je n'ai pas le
courage de t'empêcher d'être si bon.

CHAPITRE XI.

Dès ce moment, Rosine fit partie de la famille,
elle resta la compagne fidèle de sa bienfaitrice, ne
s'intéressant qu'à ceux qui l'avaient si généreuse-
ment recueillie. Michel représentait pour elle ce
qu'il y avait au monde de grand et de bon; son
affection et son respect pour celui qu'elle appelait
en riant son père, ne connaissaient pas de bornes.

Les années se passèrent. Louis était devenu un
jeune homme. Monsieur de Peyre, un grand architecte qui venait de bâtir le Théâtre-Français, le
prit comme secrétaire et élève; à son tour Jean
commençait ses études au collége.

Michel, lui, travaillait toujours sous la direction de monsieur Buron à devenir architecte aussi, caressant l'espoir lointain de lui succéder un jour.

La vie s'écoulait donc pour Michel Sedaine tranquille et calme, partagée entre ses devoirs de profession et ses plaisirs de poète ; pour lui, qui ne connut jamais de plus grand bonheur que cette douce paix de l'intérieur et de la famille, il se trouvait heureux ; et lorsqu'il rentrait le soir, après un succès chez madame de Soucy, il embrassait sa mère, tendait la main à Rosine, qui l'attendaient toutes deux en parlant de lui, et il leur disait :

— Savez-vous que nous sommes très-heureux tous ?

Un jour, en 1754, il travaillait dans sa petite chambre, lorsque Rosine vint lui dire qu'un homme insistait pour le voir, et prétendait forcer la consigne.

— Il veut absolument contempler le grand homme qui a fait l'*Epître à mon habit*. Vous voyez donc bien, Michel, que tout le monde vous admire, quoi que vous en disiez ! Faut-il le faire monter ? il en serait si content.

5

— Faites monter, Rosinette; je ne veux pas me montrer si cruel, et priver ce curieux obstiné de contempler ce grand homme.

Le visiteur entra, et après les premières politesses :

— Je suis Monnet, dit-il, directeur de l'Opéra-Comique, et je viens vous offrir vos entrées à mon théâtre; je ne veux pas d'autre payement que le bonheur de voir le grand homme, l'auteur de tant de jolies choses, s'asseoir chez moi, et daigner honorer de sa présence mon pauvre théâtre.

Michel le considérait, tout surpris d'une entrée en matière si flatteuse; puis il sourit : sa modestie l'avait guidé, il avait compris.

— Je me garderai bien d'accepter vos entrées, monsieur Monnet, répondit-il, on n'offre rien pour rien; et si vous espérez de ma reconnaissance quelque Opéra-Comique, vous pouvez être sûr d'avance de mon refus. Je fais des maisons, et puis voilà tout. Je suis maçon pour vivre, et poète pour rire.

Monnet insista en disant qu'il était venu sans arrière-pensée, et dans l'unique but d'attirer à son théâtre les hommes de talent; que la renommée de

Michel Sedaine était seule coupable de son indiscrétion.

Sedaine, moitié riant, moitié confus de ces louanges un peu outrées, reconduisit cet admirateur désappointé, et revint se mettre au travail.

Un moment plus tard, il n'y songeait plus. Quelques jours après cette visite, comme il se rendait chez un ami, il rencontra Monnet, qui s'en allait la figure triste, désolée, les bras ballants; en un mot avec tous les signes d'un homme complètement désespéré.

— D'où vous vient, cher monsieur, lui demanda Michel, d'où vous vient cet air lugubre? On dirait que Poinsinet (1) vient encore de vous produire quelques fours (2) de sa façon.

— Ne plaisantez pas, monsieur Sedaine, s'écria douloureusement le directeur; c'est très sérieux, allez! Je suis depuis dix minutes à délibérer avec moi-même si je ne ferais pas bien d'aller de ce pas me jeter à la Seine.

— Qu'y a-t-il? demanda Michel, devenu sérieux en considérant l'air navré du pauvre homme.

(1) Poète dramatique peu célèbre.
(2) Se disait des pièces qui ne réussissaient pas,

— Il y a que je suis sur le point de faire faillite.

— Vendez votre théâtre auparavant.

— Je n'ai aucun ouvrage sur la planche pour soutenir mon crédit, jusqu'à ce que je trouve un acheteur ; si je veux vendre de suite, je vendrai pour rien, et cela ne me sauvera pas. Si vous vouliez, vous, cependant, vous pourriez me sortir de là.

— Mais je n'ai pas le temps, s'écria Michel.

— Ah ! reprit Monnet, se raccrochant à cette idée. Ah ! monsieur Sedaine, on a toujours le temps de tendre la perche à un homme qui se noie ; d'ailleurs ce soir, en rentrant chez vous, bâclez-moi quelque chose. Je suis sûr que ce sera très-bien ; envoyez-moi de suite vos brouillons, je les ferai copier.

Michel promit, emporté par son cœur.

Le soir même, il se mit à l'ouvrage.

Il se souvenait d'une pièce anglaise dont Diderot lui avait parlé, il se servit de l'idée, et huit jours après il livrait à Monnet son premier opéra comique, *le Diable à quatre.*

En le remettant au directeur, il lui dit :

— Vous avez voulu un opéra comique, en voilà

un, mais comme je les comprends, et non pas comme vous les jouez depuis dix ans. Je ne ferai jamais une pièce dont pourraient rougir les honnêtes femmes. Voyez! votre théâtre est déserté par elles. Comment y pourraient-elles entendre ce que disent vos acteurs! Et vous êtes arrivé à une telle hardiesse, que les honnêtes gens sont dégoûtés des sottises, des allusions inconvenantes ou satiriques que l'on débite chez vous; tandis que d'autres sont choqués d'y entendre dialoguer en vaudevilles et en couplets, sans accompagnement de musique.

Je vous apporte un opéra comique qui ne ressemble pas à ceux-là, et je désire que vous confiiez à un musicien le soin de faire des airs nouveaux pour mes romances, et des accompagnements pour mes duos.

— Mais, c'est changer tout! s'écria Monnet; c'est une révolution dans l'opéra comique, que vous me proposez là!

— Qu'importe, si la révolution est utile; qu'importe, si le changement ramène chez vous le public qui déserte vos sottises!

Monnet se gratta l'oreille, et, après avoir ré-
léchi :

· — A la grâce de Dieu, dit-il enfin ; je ne puis
être plus ruiné que je ne le suis. Je vais porter
votre pièce à Philidor, qui fera la musique.

Les acteurs durent savoir en quelques jours ce
petit acte ; mais que Sedaine se donna de mal po···
le leur faire apprendre !

— Plus simplement ! ne roucoulez pa ainsi !
disait-il à la jeune première. Réfléchissez donc
que vous n'êtes qu'une savetière.

— Et vous, le sorcier, pourquoi ces enjambées
de cinq pieds ? C'est bon pour le grand opéra, cela.
Soyez naïfs, tous. Tenez, soyez bêtes, j'aime
mieux ça.

Enfin la grande soirée décisive arriva : Sedaine
refusa d'aller au théâtre ; au dernier moment, il
s'effrayait, il s'imaginait que sa pièce ne valait
rien ; il laissa partir Rosine, à qui Louis offrit le
bras, et Jean fut chargé d'accourir apporter la
nouvelle du succès. Sedaine prit un livre, et fit la
lecture à sa mère ; à chaque instant il s'interrom-
pait, regardait l'horloge.

— On en est à telle scène, disait-il. Mère, croyez-

vous que le public acceptera cette insolente marquise changée en savetière, et cette douce savetière devenue marquise, tout cela par les enchan-
tements du sorcier? Répondez chère maman, le
croyez-vous?

Plus émue que lui, madame Sedaine serrait le
bras de son fils, et oubliait de répondre, tant elle
écoutait. Un pas précipité se fit entendre dans
l'impasse.

— Succès! grand succès! cria Jean; et la
minute suivante, l'enfant se jetait dans les bras de
son frère en pleurant de joie.

— Grand succès, Michel, continua-t-il, lorsqu'il
put parler. Tout le monde applaudissait; on a demandé l'auteur, les dames agitaient leurs éven-
tails, le parterre criait : Vive Sedaine! Ah! que
cela était beau, maman!

Puis vinrent les explications sur tel effet de
scène, sur telle romance, avec Louis et Rosine,
qui apportèrent bientôt la confirmation du triomphe du petit opéra de Michel.

Il pouvait être fier de son œuvre, Michel Sedaine, non pas tant à cause de sa valeur dramatique, mais à cause de sa portée morale. Il venait

de créer le véritable opéra comique français, il
venait de substituer à des sottises, souvent gros-
sières, l'honnêteté et la simplicité, et il venait de
les faire applaudir.

Il ne mit jamais en scène que des honnêtes
gens, parlant honnêtement; des Greuze animés
n'eussent pas parlé et pensé autrement.

L'opéra-comique devenu honnête, attira la
foule. Monnet était sauvé.

CHAPITRE XII.

Monnet tenant un succès, ne voulut plus quitter
son théâtre, et il vint supplier Sedaine de continuer à écrire pour lui. Michel avait peur.

— J'ai réussi une fois, je tomberai la seconde,
disait-il toujours.

Cependant il se remit à l'œuvre; d'ailleurs la
fièvre théâtrale s'empara de lui, et quoiqu'il fît
toujours péniblement les vers, ce travail le passion-
nait. Absorbé par son labeur du dehors, comme
architecte, et à la maison par son nouvel opéra-
comique : *Blaise le savetier*, auquel il mettait la

— Non, je n'approuve pas, continua-t-elle, que le frère de Michel Sedaine épouse une ouvrière sans famille, sans argent, sans appui; vous avez recueilli chez vous l'orpheline, lorsque personne ne se souciait qu'elle vécût ou qu'elle mourût de faim. Je ne veux pas que vous puissiez penser que Rosine est une ambitieuse et une ingrate.

— Alors, vous n'aimez pas Louis, Rosine? demanda Michel.

— Ah! je n'ai pas dit ça, s'écria-t-elle, fondant en larmes.

En ce moment, Louis et sa mère entraient, et s'arrêtaient interdits devant ces larmes sur lesquelles ils ne comptaient pas.

— Chère maman, décidément vous avez trop gâté Rosine, dit Michel, elle a un caractère déplorable; elle dit des bêtises grosses comme le monde, elle se prétend sans famille, c'est mal ça, n'est-ce pas? Elle ne se connaît pas seulement elle-même; et attirant en souriant sa mère, Michel l'amena près de la jeune fille qui, la tête dans ses mains, sanglotait toujours.

— Tu ne veux donc pas être ma fille pour tout de bon? demanda madame Sedaine

Rosine, sans répondre, se jeta dans ses bras.

— Ne faites pas tant de façons pour être heureux, enfants! reprit la mère; et saisissant la main
de Rosine, elle la mit dans celle de son fils.

Lorsque cette émotion fut calmée :

— Vous souvenez-vous, Rosine, interrogea
Michel, de notre première rencontre auprès du
puits, et comment vous vous moquâtes si bien des
gens distraits? Vous ne vous doutiez guère, alors,
que vous étiez si sévère pour un futur beau-frère.
Vois-tu, Louis, on dit que la vérité sort d'un
puits; ce n'est pas la vérité qui en sort, c'est le
bonheur.

— Ah! Michel, voilà qui est bien opéra comique, s'écria Rosine, riant à travers ses dernières
larmes.

— Eh bien! les opéras comiques ne finissent-ils
pas tous par un mariage, petite sœur? répondit
Sedaine

CHAPITRE XIII.

Louis, que ses fonctions chez monsieur de Peyre rendaient indépendant depuis peu, s'installa avec sa jeune femme dans un petit appartement près de ses travaux habituels. Rosine voulait avoir avec eux madame Sedaine; mais Michel invoqua son droit d'aînesse, et refusa de laisser partir sa mère.

La maison, diminuée de deux de ses enfants, parut plus triste à la mère de famille. Michel sortait beaucoup pour ses affaires; puis il surveillait les répétitions de *Blaise*, qui allait paraître; et Jean venait d'entrer dans une maison de banque; aussi, madame Sedaine se trouvait-elle souvent seule.

Depuis quelque temps Michel voyait fréquemment monsieur Lecomte, ancien lieutenant criminel, qui recevait à sa table des littérateurs et des hommes de lettres; il aimait les arts, s'y connaissait assez, et protégeait les artistes.

Un jour que Michel y dînait, on parla musique, peinture, poésie; Ducis, un ami de Sedaine, dit quelques **vers** qu'il avait composés pour leur hôte, et enfin, Sedaine, prié par monsieur Lecomte de leur faire connaître quelque joli conte ou quelque quatrain, comme il avait la réputation d'en faire, récita d'un bout à l'autre son *Epître à mon habit*, très-peu connue encore, et dont les copies qui en avaient couru étaient tronquées et mutilées.

Monsieur Lecomte fut enthousiasmé.

— Je ne l'avais jamais entendue entière, dit-il, ni si bien dite; la copie que vous avez est fort bonne, et je vous prierai de me la prêter. Voici vraiment une jolie chose, et le mousquetaire qui l'a faite peut se vanter d'avoir du talent.

— Mais je n'ai jamais été mousquetaire, que je sache, s'écria Michel en riant.

— Quoi! cette épître est de vous, Sedaine?

— Ne le saviez-vous pas? qui donc a endossé mon habit?

— Quelque geai que nous allons déplumer comme il faut, je vous en réponds, continua monsieur Lecomte. Après le repas il retint Sedaine.

— Comment pouvez-vous travailler? lui demanda-t-il. Comment pouvez-vous vous occuper de

poésie, absorbé que vous êtes par le pain quotidien
à gagner?

— Je fais peu de chose aussi, répliqua Michel.

— Ecoutez, Sedaine, reprit monsieur Lecomte,
j'aime le talent, surtout quand il est, comme chez
vous, accompagné par une vie honorable et digne;
je crois que vous deviendrez un écrivain. Voulez-
vous me laisser vous aider à le devenir? Je suis
riche, j'ai une grande maison, bien trop grande,
hélas! puisque j'y vis seul; venez-y demeurer, acceptez d'y être reçu, non comme un hôte qui doit
partir, mais comme un fils qui n'en doit plus
sortir. Vous pourrez vous adonner librement à la
littérature, et je serai trop heureux d'avoir pu vous
être utile.

— Merci, répondit Sedaine, profondément touché, je ne puis accepter, j'ai ma mère, que je ne
veux pas quitter.

— Amenez-la chez moi.

— Non, merci, je ne puis; mais croyez que je
n'oublierai jamais votre offre généreuse.

Michel raconta à sa mère son aventure, et la
proposition de monsieur Lecomte.

— As-tu quelque prévention contre lui et sa maison, mon fils? demanda-t-elle.

— Aucune, chère maman; mais je n'ai pas songé une minute à accepter son offre, vous le comprenez.

— Tu as eu tort, lui dit-elle.

— Comment, tort? Ne déclarez-vous pas toujours que le monde vous est odieux, et que...

— Tu as eu tort, interrompit madame Sedaine, et puisque le moment semble venu et que tu peux encore accepter, n'est-ce pas? je vais te faire part d'une grande résolution que j'ai prise depuis le mariage de Louis. Je ne suis plus nécessaire à lui ni à Jean; toi, Michel, tu n'as jamais eu besoin de ta mère; au contraire, tu as été un consolateur, un appui et un protecteur pour moi. Que de fois j'ai remercié Dieu de m'avoir donné un fils tel que toi! Aujourd'hui je serais un obstacle à ton avenir, je le sens; ne dis pas non, mon enfant, j'en suis sûre. C'est près de monsieur Lecomte, sans souci du pain quotidien, que tu pourras t'appliquer tranquillement à tes chères études. D'ailleurs, je t'assure, je caresse depuis longtemps ce rêve, d'aller finir mes jours dans ce couvent où je fus élevée, je veux me recueillir avant le grand voyage.

— Vous voulez nous quitter? s'écria Michel désolé; c'est impossible, nous n'y consentirons ni les uns ni les autres.

— Là est mon bonheur, maintenant, répétait obstinément madame Sedaine. Et puis, je suis bien seule depuis le départ de mes enfants et la mort de notre vieil ami Buron. Toi, mon cher Michel, tes travaux t'appellent souvent au-dehors; Louis et Rosine, tout entiers au bonheur et aux soins de leur ménage, me délaissent un peu. Jean songe trop à ses plaisirs, eh bien! je trouverai là une société de mon goût, de mon âge, et je suivrai de loin tes succès.

Elle fut inébranlable dans sa résolution; elle écrivit à monsieur Lecomte, qui accourut et renouvela son offre, qu'elle accepta pour son fils aîné; puis, malgré les pleurs de ses enfants, elle partit, accompagnée par Michel, pour Montbard, où se trouvait le couvent d'Ursulines qu'elle devait habiter toujours.

Ses enfants l'y vinrent voir tous les ans. Elle y vécut calme, tranquille, heureuse, jouissant de loin des triomphes de son fils, croyant y avoir con tribué par son départ, et persuadée qu'elle avait fait un sacrifice utile en s'éloignant.

Lorsqu'elle mourut, quelques années après, son dernier regard fut pour ce fils qui lui avait fait la vie calme et honorée, dont la tendresse filiale avait allégé les plus lourds chagrins, et rendu douces les plus dures situations.

CHAPITRE XIV.

Michel Sedaine s'établit donc définitivement chez monsieur Lecomte, après le départ de sa mère.

Il continua son métier d'architecte, qui assurait son indépendance, et logé, nourri, reçu chez son ami comme un fils, il se livra tout entier à son goût pour l'art dramatique. En six ans il donna au théâtre cinq opéras comiques, qui tous obtinrent un plus grand succès encore que *le Diable à quatre*.

Ce fut *Blaise le savetier*, *l'Huître et les Plaideurs*, musique de Philidor. Puis, *les Troqueurs dupés*, *le Jardinier et son seigneur*, et **On ne** *s'avise jamais de tout*, qui est un de ses meilleurs ouvrages; Monsigny en fit la musique. Le musicien avait une grande analogie de talent avec le poète : même naïveté dans l'expression, même simplicité dans la phrase musicale; aussi, ont-ils obtenu ensemble de nombreux succès.

Sedaine ne voulait plus faire de poème sans la musique de Monsigny, et Monsigny de musique sans un poème de Sedaine.

Ces petits actes étaient si fort à la mode, que Grim, dans sa *Gazette*, constate que la foule est si grande, après la centième, que la moitié des spectateurs ne peut approcher de la salle.

« J'aimerais mieux avoir fait un seul de ces » petits actes, dit Grim, que toutes les tragédies » qui ont paru depuis dix ans; on ne peut juger » des pièces de Sedaine à la lecture, c'est au » théâtre qu'il faut les voir : elles enchantent. »

Encouragé par ces grands succès, Michel continua à écrire; mais, chose étrange, ses nouveaux opéras, quoique aussi bons que les autres, ne réussirent jamais à la première représentation; le parterre murmurait, et cependant, toujours à la troisième ou quatrième représentation, ils allaient aux nues. Sedaine finit par s'y habituer, et lorsque Rosine et ses frères s'affligeaient de ces quasi chutes aux premières :

— Laissez, disait-il en riant, je les attends à la soixantième.

En effet, chaque pièce atteignait la centaine.

Monsieur Lecomte se dépitait.

— Stupide public! s'écriait-il.

— Je crois, reprenait Sedaine, que le public n'est point tout à fait dans son tort : les acteurs ne peuvent s'habituer à être simples et à dire naïvement les choses naïves; vers la quatrième représentation seulement, ils entrent en possession de leurs rôles, et alors le public comprend enfin les intentions de l'auteur.

Le même sort atteignit aussi *Rose et Colas*, tableau parfait en son genre, et qui restera au théâtre, tant qu'en France nous chanterons l'opéra comique.

Cependant cet ouvrage fut sifflé à la première. Michel Sedaine possédait cette grande qualité qui mène à tout, la persévérance; il ne se décourageait de rien, il ne se laissait jamais abattre, soit par un succès, soit par une critique trop sévère, ou même malveillante; tous ses opéras ne sont pas également agréables, et ils eurent des fortunes diverses. Après une œuvre accueillie plus froidement par le public :

— Je ferai mieux une autre fois, disait-il.

Et courageusemeut il reprenait la plume.

Sedaine a laissé trente-quatre opéras comiques. Michel vivait depuis dix-sept ans avec monsieur Lecomte, travaillant à ses poèmes, bâtissant quand il trouvait à bâtir. Monsieur Lecomte était fier de ses succès littéraires. Cependant Sedaine n'était pas content de son œuvre.

— Je n'ai rien fait qui restera après moi, répondait-il aux compliments de son protecteur.

Il était enthousiasmé des drames bourgeois en prose que son ami Diderot avait importés sur la scène française. La tragédie lui semblait à des hauteurs inaccessibles à son talent; d'ailleurs, celles que l'on faisait de son temps étaient bien propres à en dégoûter pour jamais.

Dans les premiers mois de l'année 1765, Sedaine se mit au travail sans parler à personne de ses projets. Il descendait au jardin de monsieur

Lecomte, et là, de longues heures calme et recueilli, il écrivait ou rêvait.

— Ce sont les meilleurs moments que j'aie pas-
sés, dit-il ensuite; quel charme, quel silence! les
oiseaux, de leurs chants, troublaient seuls mes
pensées.

Enfin, une après-midi, il pria monsieur Lecomte
de vouloir bien descendre sous la charmille, il
avait une pièce à lui lire. Diderot arriva bientôt,
prié par un billet de son ami.

— Pardon de te déranger, lui dit Sedaine, mais
il s'agit d'un drame sur lequel je veux ton avis.

— Un drame de toi, Sedaine?

— Oui, mon ami, le faiseur d'opéras comiques
veut marcher sur tes pas; le sillon était tracé, je
l'ai suivi, mais de bien loin.

— Allons, commence, poursuivit Diderot très-
intrigué.

Il s'installa d'un côté, monsieur Lecomte de
l'autre, et Sedaine au milieu d'eux, très-ému, annonça *le Philosophe sans le savoir*. Diderot fit
quelques observations après la lecture des premières scènes; puis elles devinrent plus rares, et
enfin, à partir du deuxième acte, il se tut tout à

fait, enfonça son chapeau sur sa tête, et devint complètement immobile.

Sedaine, de plus en plus tremblant, lisait toujours, monsieur Lecomte applaudissait ; enfin Sedaine arriva à la dernière scène du dernier acte ; découragé, il laissait tomber ses mots, et n'osait achever. Diderot ne bougeait pas, Sedaine ne pouvait voir sa figure, et elle lui semblait devoir être ironique et moqueuse ; il s'était donc trompé, son drame était donc mauvais, puisque Diderot, dont il connaissait l'amitié, ne l'encourageait pas.

A peine le dernier mot de la comédie était-il sorti des lèvres de Michel, que Diderot se leva d'un bond.

— Voilà le vrai goût, voilà la vérité domestique, voilà les actions et les propos des honnêtes gens, s'écria-t-il. Voilà la comédie !

Et se précipitant vers Sedaine, il l'embrassa avec véhémence.

— Ah ! mon ami, continua-t-il avec enthousiasme, si tu n'étais pas si vieux, je te donnerais ma fille !

— Vrai, cela est donc bon ? demandait Sedaine au comble de la joie.

— Ah! Sedaine, répondit Diderot, je suis content de moi ! Il faut que je sois un honnête homme, puisque je suis encore l'ami d'un homme qui va me couper l'herbe sous le pied.

Michel Sedaine, encouragé par monsieur Lecomte, appuyé par Diderot, porta sa comédie au Théâtre-Français, qui l'accepta; mais après de nombreuses répétitions, la police défendit de la jouer, sous le prétexte qu'un père acceptait et permettait à son fils de se battre en duel. Or, un édit royal défendait le duel, et avec raison.

En vain Sedaine supplia le censeur royal, monsieur Marin ; celui-ci fut inflexible.

Enfin, comme il allait retirer sa pièce, monsieur Lecomte et d'autres amis obtinrent qu'une commission du Châtelet se rendrait à une répétition, et jugerait en dernier ressort de l'effet à la scène.

La commission était composée de monsieur de Sartine, lieutenant général de la police; de monsieur du Lys, lieutenant criminel, et de monsieur le procureur du roi au Châtelet. Michel se rendit le matin chez ces messieurs, et les pria de vouloir bien lui faire l'honneur de mettre de la commission mesdames leurs femmes.

— Mais elles n'entendent rien à la partie de législation, dit monsieur de Sartine.

— Qu'importe? reprit Sedaine, elles jugeront le reste.

Sans cette précaution spirituelle de Sedaine, nous n'aurions peut-être jamais eu *le Philosophe sans le savoir*.

Ces dames fondirent en larmes pendant la comédie; n'était-ce pas le meilleur argument en sa faveur? Les commissaires attendris levèrent l'interdit, et le lendemain 30 novembre 1765, le Théâtre-Français donna la première représentation de la comédie de Sedaine. Ce ne fut pas un succès comme s'y attendait le petit nombre d'amis qui avait entendu lire la pièce; le public fut très-étonné, et ne sut que penser; des murmures s'élevèrent au parterre, les discussions étaient animées au foyer; mais les littérateurs et les savants furent unanimes dans l'expression de leur enthousiasme.

Diderot sortit comme un fou à la fin du spectacle, et se doutant des transes dans lesquelles devait se trouver Sedaine, il courut, à onze heures du soir, par la neige, du Théâtre-Français au faubourg Saint-Antoine, où demeurait Sedaine.

Michel, à sa fenêtre, attendait ses frères; du plus loin que Diderot l'aperçut :

— Sois tranquille, cria-t-il, ils en auront le démenti, la pièce est bonne, elle réussira; et tout essoufflé, il entra chez son ami.

— Ta pièce est bonne, on la jouera toujours, tu le verras, disait Diderot; nous sommes tous, nous autres les philosophes, dans l'enchantement. Tu as ému Grim! quel triomphe! Son regret, m'a-t-il déclaré à la fin, était que la pièce ne pût pas recommencer de suite.

Sedaine riait de tout son cœur de l'enthousiasme de son ami, et lui, toujours si modeste, il doutait encore du mérite de son œuvre.

Cependant Diderot ne se trompait pas : *le Philosophe sans le savoir* est resté une des bonnes pièces du répertoire français, une de celles que l'on revoit toujours avec plaisir.

———

CHAPITRE XV.

Le succès s'affermit définitivement aux représentations suivantes, et bientôt la comédie de Sedaine devint un grand succès.

Michel continuait aussi ses opéras comiques; mais Monsigny venait d'être nommé valet de chambre du roi, et faisait moins de musique qu'avant sa nomination. Sedaine avait juré de ne plus donner à d'autres musiciens ses pièces, et il refusait toutes les demandes de poèmes qui lui étaient faites.

Duni, un compositeur assez goûté du temps, l'avait vainement supplié de faire quelque chose avec lui.

— Non, répondit Sedaine, je ne fais rien sans Monsigny, je le lui ai promis.

— Mais Monsigny vient de manquer à son serment, lui!

— Et il en a été puni, reprit Sedaine; sa pièce avec Poinsinet est tombée, il m'en arriverait autant si j'imitais son inconstance.

Duni n'insista pas. A quelque temps de là, il rencontra Sedaine au Théâtre-Français.

— A propos, monsieur Sedaine, lui dit-il, vous vous occupez encore d'architecture, n'est-ce pas?

— Certainement.

—Eh bien! j'ai dans ma maison un vieil escalier qui menace ruine, je voudrais le réédifier, et puis du même coup le tourner plus agréablement; venez donc me donner votre avis là-dessus.

Sedaine accepta, et alla visiter l'escalier.

— Il ne me semble pas si menaçant que vous dites, on pourrait le réparer seulement.

— Non, non, s'écria Duni, faites-m'en un autre.

La visite se prolongea, on régla les dépenses, et, comme l'heure du dîner était arrivée, Duni insista tellement pour garder Sedaine, qu'il resta. Après le dîner, Duni, sans affectation, se mit au clavecin, et joua quelques airs de sa composition, demandant son avis à Sedaine; enfin il lui chanta un air, que Sedaine trouva joli.

— C'est d'un opéra comique que j'achève en ce moment.

—Ah! et de qui la pièce?

— De Cazotte; cela s'appelle *les Sabots*.

— Montrez-la-moi donc, je suis curieux de voir un opéra comique de Cazotte.

— Volontiers

Et Duni s'empressa d'apporter le manuscrit. Sedaine le parcourut.

— Mauvais, mauvais! disait-il en lisant.

Duni le savait bien.

Sedaine se borna à quelques conseils, et il sortit en promettant de revenir diriger les travaux de l'escalier. Au bout de quelques jours, il revient voir les ouvriers, Duni lui chante encore un second air de l'opéra qu'il avait critiqué.

— Impossible de chanter sur de tels vers, s'écrie Sedaine.

Et prenant un crayon, il les change.

— Et cette scène, elle ne vaut rien! ajoute-t-il.

Et le voilà qui la refait.

Chaque fois que Sedaine revint, Duni lui chanta de nouveaux airs, et fit changer des effets, des romances et des scènes entières à Sedaine, qui croyait ne venir que pour surveiller les travaux de l'escalier; de sorte qu'à mesure que l'escalier grandit et monte aux étages supérieurs, la pièce se retourne, se refait d'un bout à l'autre, et bientôt, à l'exception du premier air, il ne reste plus rien de l'œuvre primitive.

— Eh bien! cher poète, lui cria Duni un jour que Sedaine lui annonça que son escalier allait être achevé; eh bien! quand ferons-nous jouer notre opéra comique à nous deux? Il est fini, lui aussi.

— Quel opéra comique? demanda Michel, tout surpris.

— Mais *les Sabots*.

Et Duni lui expliqua comment il avait fait un opéra comique sans le savoir.

— Il m'en a coûté un escalier pour avoir une paire de sabots; mais je ne les trouve pas trop chers, ajouta-t-il.

Michel Sedaine jura en riant, mais un peu tard, qu'on ne l'y prendrait plus.

Dans la même année, il avait fait un grand opéra avec Monsigny, *Aline, reine de Golconde*. Cette pièce avait de beaux décors, une grande figuration, c'était un prétexte à ballets, et à une grande pompe. Elle fut choisie pour être donnée en spectacle sur le théâtre de Versailles.

La famille royale assista à la représentation

Sedaine dut se rendre à la cour pour surveiller les répétitions. Il n'était pas né courtisan, il ne savait pas se courber à propos, ni mépriser assez les hommes pour les flatter : il parut au grand Trianon en habit de ville, sans broderies et sans manchettes de dentelles, avec la franchise et l'indépendance qui le caractérisaient; aussi réussit-il peu avec un bagage aussi inutile dans ce pays-là. Le maréchal de Maillebois dit tout haut en le quittant, après une longue conversation avec lui :

— Ce que j'en aime, de cet homme-là, c'est qu'il ne nous aime pas.

La pièce alla aux nues, l'auteur tomba.

Sedaine, trop fier pour solliciter des grâces, ou pour se les faire accorder par des flatteries, ne retira de ce triomphe que ce seul avantage d'avoir été joué à Versailles, et il revint à Paris aussi pauvre, aussi fier, aussi noble qu'il en était parti.

CHAPITRE XVI.

Depuis quelque temps monsieur Lecomte donnait l'hospitalité à une jeune orpheline, sa parente

éloignée, qu'il avait appelée chez lui, touché par
son abandon, sa grâce et ses vertus; elle s'inté-
ressa de suite aux travaux littéraires de Sedaine,
et bientôt elle partagea l'enthousiasme de son protecteur pour lui.

Lorsque Rosine venait chercher son beau-frère,
elle menait celle-ci dans sa chambre, lui faisait
mille caresses, et, sans que l'on puisse savoir comment cela se faisait, quoique Marie ne prononçât
jamais le nom de Michel, la conversation, quelques
méandres capricieux qu'elle eût suivis, aboutis-
sait toujours à lui. Rosine parlait, s'animait, racontait l'enfance de son beau-frère, son arrivée à
Paris, son dévouement pour sa mère et ses frères.
Marie assise, son ouvrage abandonné sur les
genoux, des larmes pleins les yeux, écoutait. Elle
savait par cœur les épisodes les plus minimes de la
vie du poète, et cependant, à la voir s'attendrir,
on eût dit qu'elle les entendait pour la première fois.

Sedaine donnait-il une pièce nouvelle, plus
émue que l'auteur même, elle attendait le résultat,
et lorsque le pas de monsieur Lecomte, rentrant du
spectacle, résonnait dans le corridor, elle était la
première debout, et joyeusement battait des mains

à l'annonce du succès de son ami Sedaine, comme elle le nommait.

Sedaine avait fait son portrait en vers, sous le nom d'Eglé; il donnait à la charmante jeune fille toutes les qualités qui lui plaisaient tant en elle, la modestie, la douceur, la raison aimable et bonne; il finissait en disant :

— Elle n'a que dix louis de rente, il lui fallait bien un défaut.

Il achevait de lui lire ses vers, quand la regardant, il fut frappé de l'air de son visage.

— C'est donc un défaut pour vous, monsieur Sedaine? lui demanda-t-elle tristement.

— Je n'ai pas pu vous en trouver un autre; c'est d'ailleurs une fiction peu poétique, acheva-t-il en riant.

Rentré chez lui, ce jour-là, il se planta devant un miroir, et se regarda attentivement :

— Décidément, je suis aussi laid que jamais, se dit-il résolûment.

Et soupirant, il ajouta :

— Et j'ai quarante-huit ans! Il ne faudrait pas pourtant devenir fat à cet âge-là.

Ce fut avec le caractère naïf, enjoué et bon de

Marie, qu'il composa le personnage adorable de
Victorine, du *Philosophe sans le savoir*. Quand du
jardin, tout en travaillant, il entendait une chanson de Marie, il arrêtait son travail; puis la dernière note envolée comme un oiseau léger, il reprenait sa plume, mécontent, se malmenant de se
laisser distraire à son âge par une chanson de
petite fille.

Un jour, monsieur Lecomte, si exact ordinairement, se fit attendre pour le dîner, quelques amis
qu'il avait priés s'inquiétaient; Sedaine monta
chez lui, et le trouva mort dans son lit; une attaque
d'apoplexie l'avait foudroyé, et il avait passé du
sommeil à la mort, sans secousse et sans souf-
france.

A la douleur de perdre un ami si cher, vint se
joindre, pour Michel, le chagrin de quitter cette demeure que l'amitié lui avait rendue si charmante.
Et puis, il laissait cette douce jeune fille : qu'allait-
elle devenir? Il lui fallait aussi sortir de cette
maison. Monsieur Lecomte ne se sentant pas malade, n'avait fait aucune disposition en faveur de
sa protégée.

Elle restait sans fortune et sans parents; il s'in-

quiétait de son sort plus que du sien propre, lorsqu'il reçut de l'un de ses amis, monsieur de
Marigny, une lettre lui annonçant que sans l'en
prévenir, il avait demandé pour lui, Sedaine, la
place d'architecte du roi, laissée vacante par la
mort de Camus; qu'après bien des batailles il
l'avait enfin obtenue, et qu'en outre il avait le
plaisir de lui dire qu'il était nommé secrétaire per-
pétuel de l'Académie royale d'architecture.

Sedaine accourut chez monsieur de Marigny.

— Ah! Monsieur, que vous me rendez heureux,
s'écria-t-il. Architecte du roi! j'aurais douze cents
francs d'appointements, et un beau logement au
Louvre, avec mes opéras comiques, mes bâtisses et
des rentes... mais me voilà trop riche!

Il sortit de chez monsieur de Marigny dans l'enchantement, et se dirigea vers la maison où il
avait été heureux si longtemps. A mesure qu'il
approchait, malgré lui il ralentissait le pas, il rou-
gissait, il pâlissait, se parlait tout seul en faisant
de grands gestes; enfin, il arriva après mille dé-
tours.

— Mademoiselle Marie? demanda-t il au domestique.

— Mademoiselle Marie fait ses paquets, monsieur Sedaine; votre belle-sœur doit la venir prendre tantôt.

Sans répondre, Sedaine monta chez la jeune fille; par la porte entrebâillée, il la vit occupée à ranger les petits souvenirs que lui avait donnés son vieux parent.

Sedaine entra.

— Mademoiselle Marie, dit-il, je viens d'être nommé secrétaire de l'Académie, et architecte du roi; je ne suis plus jeune, je n'ai jamais été beau, mais je crois que je serai un bon mari; voulez-vous être ma femme?

— Ah! monsieur Sedaine, s'écria Marie, quel bonheur que vous pensiez à une pauvre fille comme moi!

Sedaine se maria dans les premiers jours de juillet 1768. Aussitôt après son mariage, il s'installa au Louvre. Il y vécut trente ans, dans l'union la plus parfaite, avec celle qui n'avait été séduite que par le talent, le caractère et le cœur de son mari.

Ils eurent trois enfants : deux filles et un fils, il faudrait dire deux fils; car Sedaine, qui n'oublie

jamais **ni** un ami ni un bienfait, éleva comme
sien le petit-fils de son vieil ami Buron, qui, devenu orphelin, se trouvait sans fortune et sans
aide. Sedaine lui offrit un logement au Louvre
chez lui, encourageant les dispositions qu'il montrait pour la peinture; grâce à lui, grâce au bon
Sedaine, la France peut s'enorgueillir d'un homme
de talent de plus. Nous lui devons le peintre
David.

CHAPITRE XVII.

Sedaine, dont les goûts étaient modestes, se trouvait presque riche avec ses rentes et ses opéras;
sans souci de la vie de tous les jours pour sa nouvelle famille, il se livra uniquement à ses travaux
littéraires.

Il donna au Théâtre-Français *la Gageure imprévue*, charmante petite comédie, tirée d'une
nouvelle de Scarron intitulée *la Précaution
inutile*, qui eut un succès fou. Puis, ensuite : *le
Déserteur, Aucassin et Nicolette, Félix, le Magni-
fique,* opéras comiques avec Monsigny; et enfin

Maillard ou *Paris sauvé*, tragédie en prose que le Théâtre-Français accepta, mais dont Voltaire empêcha la représentation, en prétendant et criant partout que c'était mettre l'abomination de la désolation dans les lettres, que d'y introduire des tragédies en prose.

Cependant Voltaire estimait le talent et le caractère de Sedaine, car le rencontrant un jour, il lui dit :

— Ah! c'est vous, monsieur Sedaine, qui ne prenez rien à personne.

— Aussi je ne suis pas riche, répondit Sedaine modestement.

L'impératrice de Russie, Catherine II, l'amie de Voltaire et de Diderot, comme elle se nommait elle-même, que *le Philosophe sans le savoir* avait émerveillée, demanda à Sedaine deux comédies. Une seule put être jouée devant l'impératrice; l'autre dévoilait tellement les intrigues et les bassesses des courtisans et des ministres, que ceux de Russie se reconnaissant trop, empêchèrent la représentation.

L'impératrice prit la chose gaiement :

— Mes ministres, écrivit-elle au baron de Grim,

s'opposent à ce que l'on joue la pièce de Sedaine; mais je m'en venge en la leur faisant lire.

Sedaine reçut d'elle vingt mille livres, qui ont été la seule gratification de ce genre qui lui fut offerte sous l'ancien régime, et par une princesse étrangère.

L'opéra de *Richard Cœur-de-Lion*, avec Grétry, lui donna enfin un fauteuil à l'Académie. Ce fut la seule faveur qu'il ait jamais sollicitée.

Il ne fut le candidat de telle ou telle coterie, il fut le candidat des Parisiens; et les portes s'ouvrirent malgré les académiciens devant ce vieillard honorable et honoré.

Monsieur de Richelieu protégeait, pour le fauteuil, un autre homme de lettres; il reçut fort durement Sedaine, et lui demanda du haut de sa tête, quels étaient ses droits.

— Monseigneur, lui répondit Sedaine, comptez-vous pour rien quarante ans de probité? dédaignant de parler de ses œuvres à un homme qui ne les voulait pas apprécier.

Un jour qu'il discutait avec Diderot, après une répétition, dans le foyer du Théâtre-Français, ils regardèrent les bustes des auteurs célèbres qui l'ornaient alors comme aujourd'hui.

— N'est-il pas étonnant et déplorable que celui-là seul manque ici, qui devrait les dominer, comme il les domine réellement de toute la hauteur de son génie? dit Sedaine. Regardez, Diderot, voici Quinault, Marivaux, Crébillon, Rotrou, etc., etc. Le plus grand de tous, Molière, est absent de ces lieux qu'il égaie de son rire, et console de sa philosophie.

— C'est odieux! s'écria Diderot, prenant feu; voilà bien les hommes, ingrats et envieux! Je me demande seulement comment Corneille et Racine sont ici.

Et là-dessus, Diderot s'enflammant davantage, apostrophant les bustes qui n'en pouvaient mais, leur fit un long discours pour leur prouver qu'ils n'avaient pas le droit d'être là, quand le maître n'y était pas, et qu'on devrait les jeter tous par les fenêtres.

Sedaine, sans que Diderot se fût aperçu de son absence, l'avait quitté; à son retour il était sur le point de mettre ses menaces à exécution.

— Laissez, mon cher ami, tous ces bonshommes, et venez avec moi chez Houdon.

— Oui, allons, nous lui ferons partager notre indignation.

— Nous lui commanderons en même temps un beau buste du grand génie qui a nom Molière, reprit tranquillement Sedaine.

— Et comment paierons-nous? dit Diderot; Houdon, vous le savez, est moins enthousiaste que nous, et je crains...

— J'ai l'argent, moi, ne vous inquiétez pas, mon ami; tandis que vous vous escrimiez contre les bustes, je suis descendu à la direction du Théâtre-Français, je me suis arrangé, j'abandonne mes droits d'auteur sur *la Gageure imprévue;* avec cela Molière aura son buste, et il le devra à ma profonde admiration.

Outre le buste de Molière, par Houdon, Sedaine donna à la Comédie-Française celui de Dufrény, par Pajou, sa *Gageure* ayant produit plus d'argent qu'il n'était nécessaire pour un seul.

A soixante-douze ans, Sedaine fit jouer, avec Grétry, *Guillaume Tell,* grand opéra. Ce fut sa dernière pièce. Il en fit encore quatre autres, mais qui n'ont jamais paru.

Il tomba malade vers la fin de l'année 1796, et resta longtemps dans un état inquiétant; puis un mieux se fit sentir, il espérait ne pas mourir encore.

— Je suis si heureux, disait-il quelquefois, vrai! ce n'est pas le moment de m'en aller.

Ses amis espéraient comme lui que la maladie allait lâcher sa proie; Ducis, Lemierre, Wailly, de Peyre, Pajou, Houdon, ses frères, ses trois enfants, sa femme l'entouraient, croyant presque à un rétablissement, lorsqu'il éprouva tout à coup une crise plus violente.

Le bruit se répandit dans Paris qu'il était mort, les journaux annoncèrent cet événement; Joseph La Vallée, un gazetier du temps, fit insérer dans le *Courrier de Paris* un article détaillé dans lequel il faisait de Sedaine un portrait ressemblant, et où il rappelait les talents et les vertus du vieillard qui venait de s'éteindre.

Ce n'était qu'une fausse alerte; Sedaine alla mieux quelques jours après, et lui, dont l'esprit était toujours aussi vif, aussi net, il priait encore sa fille de lui lire les gazettes ; sa fille tomba sur l'article de La Vallée, et, la voix tremblante, elle le lut à son père. Sedaine écoutait ; puis saisissant les mains de sa femme :

— Oui, ma chère amie, s'écria-t-il, j'ai été un honnête homme.

Le 18 mai, 28 floréal 1797, mourait celui dont son ami Ducis a dit :

— C'était naturellement qu'il était juste, comme c'était tout bonnement qu'il était bon.

Il mourut sans fortune, mais croyant laisser de quoi vivre à ses enfants ; la loi sur les droits d'auteurs leur enleva cette ressource

Sedaine ne chercha jamais à acquérir de l'argent payé par une courbette ou une flatterie. Qu'avait-il besoin d'argent, celui qui sut toujours être heureux dans la position modeste qu'il s'était créée ; celui qui, à force de travail, de persévérance, parvint, de simple tailleur de pierres, à se faire un rang honorable dans les lettres ?

Il laissait bien mieux qu'une fortune à sa veuve et à ses enfants, il laissait un nom aimé et estimé de tous. Qui se souvient de l'homme qui ne fut que riche? Personne n'oubliera jamais celui qui mérita ce beau titre que lui décernèrent ses contemporains; ils disaient, et on dira toujours de Michel Sedaine : Ce fut un honnête homme.

FIN.

TABLE

—

FIN DE LA TABLE.

Limoges. — Imp. E. ARDANT et Cᵉ.

www.ingramcontent.com/pod-product-compliance
Lightning Source LLC
Chambersburg PA
CBHW05154828O626
47162CB00021B/1637